KB057186

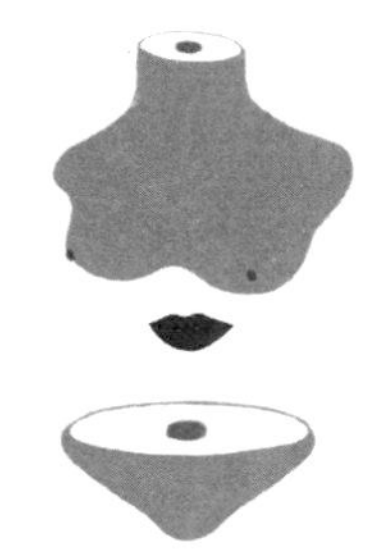

미주알고주알

시인의 몸감성사전

초판 1쇄 인쇄 2014년 11월 3일
초판 1쇄 발행 2014년 11월 10일

지은이 권혁웅
펴낸이 강병선
편집인 김민정
디자인 한혜진
마케팅 정민호 나해진 이동엽 김철민
온라인마케팅 김희숙 김상만 한수진 이천희
제작 강신은 김동욱 임현식
제작처 영신사
펴낸곳 (주)문학동네
임프린트 난다
출판등록 1993년 10월 22일 제406-2003-000045호
주소 413-120 경기도 파주시 회동길 210
전자우편 blackinana@naver.com **트위터** @blackinana
문의전화 031-955-2656(편집) 031-955-8890(마케팅) 031-955-8855(팩스)
문학동네카페 http://cafe.naver.com/mhdn

ISBN 978-89-546-2629-3 03810

난다는 출판그룹 문학동네 임프린트입니다.

이 도서의 국립중앙도서관 출판시도서목록(CIP)은
e-CIP 홈페이지(http://www.nl.go.kr/cip.php)에서 이용하실 수 있습니다.
(CIP 제어번호 : 2014030139)

www.munhak.com

미주알
고주알

시인의
몸
감성사전

권혁웅

ㄴㄴ> <ㄷㄴ

◆ 개정판 자서 ◆

혼자서 아끼던 책이 다시 빛을 보게 되어서 반갑고 기쁘다. 책을 쓰면서 새로운 글쓰기에 대해서 이런저런 생각을 하게 되었다. '사물들'과 '동물들'에 관한 후속 작업을 할 수 있게 된 것도 이 책 덕분이다. 몸을 이루는 지체들도 각자가 몸이므로 이 책은 '몸들'에 관한 이야기고, 몸이 향한 곳에 그대가 있으므로 이 책은 '사랑'에 관한 이야기다. '사물들'은 세상을 향해 있고, '동물들'은 삶을 향해 있다. 이로써 '상상 이야기' 3부작을 완성할 수 있게 되었다. 많지는 않지만 몸에 관한 이야기들을 조금 추가했다. 이번에도 편집자인 김민정 시인에게 신세를 졌다. 책을 다시 떠나보내니, 이번에는 세상에서 좀더 오래 겪는 운명이 되기를.

2014년 11월

권혁웅

◆ 자서 ◆

1991년부터 지금까지 조금씩 써둔 글을 전체 테마에 맞게 배열하고, 새로운 단락들을 많이 추가했다. 독서노트와 일기와 시작메모를 기초 자료로 삼았지만, 처음부터 전작을 의도했으므로 최소한의 통일성을 갖추고자 애썼다. 글의 집필 기간이 오랜 세월에 걸쳐 있다는 것은, 글 쓰는 이에게 약이자 독이다. 글과 글 사이의 거리가 개인사個人史라는 것, 그 축척이 한 사람에게서 다른 사람에게로 가는 수많은 대로와 소로를 지시한다는 것, 한 구절에 담긴 생각을 다른 구절이 부정하고 덮어쓰고 지탱하고 변형한다는 것, 각주와 부록과 인용이 이미 본문의 일부라는 것, 예찬에서 냉소에 이르는 수많은 태도가 높낮이 없이 배열된다는 것, 조변석개朝變夕改만이 초지일관初志一貫이라는 것, 그리고 수많은 변주가 사실은 단 하나의 주조음主調音을 갖고 있음을 확인하는 것이 모두 그렇다.

이 책을 준비하면서 동시에 세번째 시집을 준비했다. 이 책에 실린 글이 그 시집에 실린 시들의 메모이기도 하고, 그 시집에 실린 시가 이 책에 실린 글들의 전신이기도 하다. 그래서 두 책은 완만하거나 촉급하거나 고양되었거나 저조하거나 간에, 일종의 맥놀이 현상을 보여준다. 그 섭동攝動으로 내 손이 흔들릴 때면, 나는 시집에서 이 책으로, 이 책에서 시집으로 글 쓰는 손을 옮기곤 했다. 그래서 독자들께서 이 책을 시집 『그 얼굴에 입술을 대다』와 잇대어 읽어주셨으면 하는 소망이 있다.

이 책에서 나는 나와 다른 사람을 겹쳐서 읽고 싶었다. 몸이 하는 말을 받아적고 싶었다. 몸이 하나의 우주라는 말은 상투어가 아니다. 우주는 적어도 다른 우주를 꿈꾸어야 한다. 그 꿈을 이르는 말로, 나는 '사랑' 보다 적절한 말을 찾지 못했다. 내게 다른 우주를 보여준 이에게 감사드린다. 멋진 그림으로 이 글의 빈약한 상상력을 보완해준 이연미 화가, '좋다' 를 연발하여 글을 쓰도록 격려해주고는 '싫다' 를 연발하여 책의 완성도를 높여준 편집자 김민정 시인에 대한 감사도 빼놓을 수 없다. 하나의 우주를 낳은 일점이신 어머니, 이 모든 사랑의 시작인 그분께도 감사를.

2008년 1월

권혁웅

◆ 차 례 ◆

듣다—귀

생각하다—머리

겪다—몸

떠맡다 — 등, 어깨

안다 — 배, 가슴

부풀어오르다 — 젖가슴

닿다 — 피부

두근거리다 — 심장

잡다, 만지다

손

손 주름

손가락

손

: 손목의 앞쪽 부분이 손이다. 앞쪽의 네모지고 평평한 부분의 오목한 쪽을 손바닥, 볼록한 쪽을 손등이라 한다. 손목에는 여덟 개의 수근골手根骨이 있고, 손바닥에는 다섯 개의 중수골中手骨이 있다. 여기서 다섯 개의 손가락뼈指骨가 돋는다. 손목, 손바닥과 손가락 사이, 손가락 마디 사이에는 관절이 있어 천변만화하는 손의 움직임을 가능하게 한다. 손바닥에는 신경과 한선汗腺이 많아서 예민하고 땀이 잘 난다. 털이나 피지선皮脂腺은 없다.

손 주름

: 손바닥에는 여러 주름과 홈이 있다. 손바닥에 난 굵은 주름을 운동추벽運動皺襞이라고 하며, 여기에 한 개인의 운명과 삶이 아로새겨져 있다는 설이 있다. 손바닥에 난 아주 가는 홈을 피부소구皮膚小溝라 부르고, 소구 사이에 돋은 부분을 피부소릉皮膚小稜이라 부른다. 운동추벽과 소구와 소릉의 모양에 따라 한 사람의 수상手相이 결정된다.

손가락

: 손가락에는 손가락뼈指骨가 있다. 지골은 기절골基節骨, 중절골中節骨, 말절골末節骨이라 불리는 세 개의 뼈로 이루어져 있지만, 엄지손가락에는 중절골이 없어서 두 개다.

엄지손가락이 가장 짧고 가운뎃손가락이 가장 길다. 손가락 끝에는 피부가 변하여 생긴 손톱이 있다. 손가락 끝에 난 무늬를 지문指紋이라 부르는데 물건을 집거나 촉감하는 데 유용하고 사람마다 달라서 일종의 인식표로도 쓰인다. 전완근前腕筋이 손가락의 굴신운동을 가능하게 하며, 다른 운동은 손바닥에 있는 작은 근육들이 협력하여 이루어낸다. 신경과 혈관이 풍부하고 피하지방이 적어서 촉각, 압각에 아주 예민하다.

1 수위표

네 머리카락은 검은 강물이다. 너를 쓰다듬을 때면 내 손에서 네가 흘러간다. 그때 내 손의 마디는 수위표水位標이다. 아, 나는 네게 이만큼 잠겼구나.

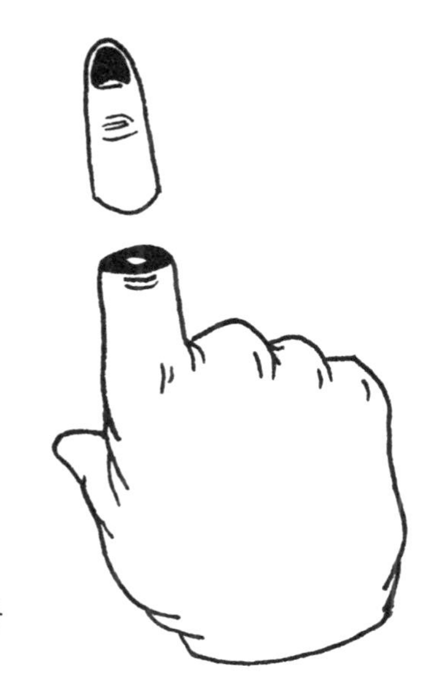

2 김유신의 손가락

무심한 손가락이 잊혀진 사람의 전화번호를 기억하는 수가 있다. 천관녀 집을 찾아간 것이 말이 아니라 손가락이었다면 김유신은 손가락을 잘랐을까.

[3] 스며드는……

손가락은 틈입의 상징이다. 당신은 모든 방향에서 내게 스며든다.

4 아웃 오브 아프리카

아프리카와 아메리카는 본래 한 땅덩어리였다. 지도는 남아메리카를 감싸안은 아프리카 모습을 지금도 보여준다. 당신의 얼굴과 내 두 손도 그렇다. 감싸이길 원하는 당신의 얼굴과 감싸고 싶어하는 이 두 손.

5 할아버지의 힘

매질하는 아비에게 아이가 울면서 대들고 있다. 이 자식아, 왜 때리니. 네가 이러는 걸 느이 애비가 아니? 매를 든 아비의 손목에서 힘이 풀렸다면, 바로 그게 말리는 할아버지의 힘이다.

6 돋아난 손

"전이에 대한 세미나에서…… 라캉은 두 손의 신화를 소개한다. 한 손이 자기를 뻗어 나무에 있는 아름다운 대상을 유혹하려 한다. 갑자기 다른 손이 나무에 있는 대상의 자리로부터 출현하고 첫번째 손을 만진다. 라캉에게서 두번째 손이 대상의 자리에서 출현한다는 사실은 상호성이나 대칭성의 표시인 것이 아니라 하나의 기적이다."(레나타 살레클) 네 손이 나를 만질 때, 내 몸은 네 손을 만진다.

7 산수 공부

한 뺨이 두 뺨에 해당한다고 생각하는 사람은 강도다. 당신의 입을 막는 게 먼저이기 때문이다. 오른쪽 뺨이 왼쪽 뺨과, 왼쪽 뺨이 오른쪽 뺨과 일대일로 대응한다고 믿는 사람은 적이다. 당신을 치려고 이미 손을 들었기 때문이다. 한 뺨이 한 뺨에도 턱없이 못 미친다고 보는 사람이 애인이다. 당신의 얼굴을 쓰다듬을 공간이 필요하기 때문이다.

10 마술사의 손

당신의 손이 이마 위에 얹힌 처마가 될 때, 당신은 가출한 동거인을 근심하는 독방이다. 당신의 손이 무거운 얼굴을 지탱하는 얇은 기둥일 때, 당신은 혼곤昏困에 정신을 내어준 빈 부대다. 당신의 손이 먼 곳을 향해 몰려가는 파도처럼 너울댈 때, 당신은 홀로 떨어진 섬을 그리워하는 바다다. 당신의 손이 파리와 더위를 쫓는 기린 꼬리마냥 흔들릴 때, 당신은 땀과 곤죽을 뒤섞은 뚱뚱한 물풍선이다. 당신의 손이 어깨부터 검지 끝까지 곧추선 하나의 창일 때, 당신은 돌아온 동거인을 꾸짖는 닫힌 방이다. 당신의 손이 동거인의 목을 틀어쥐고 꽉 조일 때, 당신은 병목현상을 불러오는 시끄러운 여울이다. 당신의 손이 바짝 말라붙은 조그만 돌덩이일 때, 당신은 모든 문을 닫아건 급매물 부동산이다. 그리고 당신의 손이 바위에 붙은 미역처럼 그 사람의 얼굴을 만질 때, 당신은 다시는 떠나지 않을 젖은 눈이다. 거기서 꽃이 필 것이다. 어서어서 비둘기가 날아갈 것이다.

11 사랑에 빠진 사람은 지푸라기라도 잡으려 든다

"이봐, 나는 빠졌어. 같이 잠겨야지. 당신이 지푸라기는 아니더라도 내 손에 잡히지 않고 별수 있겠어?"

12 잔에 관하여

술잔은 취한 손이다. 더듬는 손이다. 내가 잡은 참이슬, 21도, 35cc는 출렁거렸고 그 수위에서 그는 잠겼다. 수면에 잠긴 사람, 이슬만 먹고 사는 사람, 나는 지금까지 그와 수작했다. 술잔은 놓친 손이다. 사라진 손이다. 그는 몸속에 난 길을 걸어 내면으로 망명했다. 무언가에 대한 집착을 놓아버린 사람, 그는 없고 그가 걸어간 길만 남아 저렇게 늘어졌다. 나는 지금 작은 잔과 큰 잔에 관해 얘기하는 중이다.

13 이항대립의 손가락

"토템적 분류 체계를 검토하면 중요한 것은 형식일 뿐 내용이 아니라는 것을 알게 된다."(레비-스트로스) 토템 체계만 그런 것이 아니다. 체계를 구성하는 것은 모두 그렇다. 사랑의 말들 역시 다르지 않다. 그와 그녀가 맞짝을 이루는 이항대립이라는 형식이 중요할 뿐, 내용은 중요하지 않다. "자기야, 사랑해." "날 정말 사랑해?" "그럼, 너무너무 사랑해." 둘은 이미 수천만 번도 더 사용한 낡은 기호들을 마치 자기들이 처음 발견한 것처럼 주고받는다. 그러고서도 다른 자리에 가서는 그 기호를 사용하는 다른 연인들을 손가락질할 것이다. "아이, 유치해. 닭살 돋아." 그러나 사실, 우리 모두는 치킨 파크Chicken Park의 주민들이다. 중요한 것은 그가 그녀와 체계를 이루었다는 것이다. 그러니 길을 가다가 일렬로, 체계적으로 구워지고 있는 통닭구이를 보면, 잠시 자기 사랑에 대해 숙고해주길 바란다.

14 손끝에 맺힌 미로

옛날 귀족들은 궁정식 사랑을 했다지요? 사랑하는 이를 찾아가는 길에 수많은 장애물을 설치했다지요? 그로써 육체의 접촉이 이뤄지지 않았음을 은폐하는, 스스로 만든 미로에 갇히고자 했다지요? 이건 어떨까요? 당신에게도 내게도 열 개씩, 도합 스무 개나 되는 미로가 있어요. 손끝이 바로 오리무중이거나 구절양장이죠. 당신이 나를 만질 때마다 도무지 빠져나갈 수 없는 그런 미로지요. 당신이 여기에 있었고, 지금 여기에 없다는 것을 증명하는 부재의 알리바이, 그게 미로 아닌가요?

15 운명론자

제 손바닥 안에서 가야 할 길을 짐작하는 자.

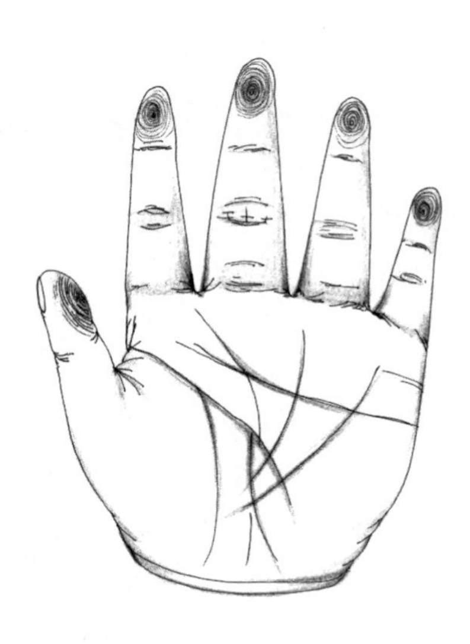

16 회고주의자

제 손바닥 안에서 지나온 길을 발견하는 자.

17 불가지론자

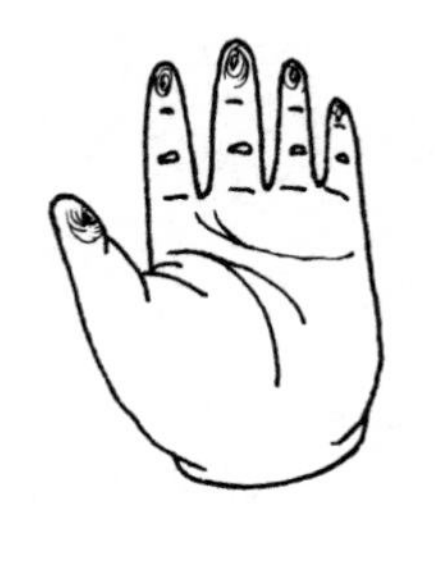
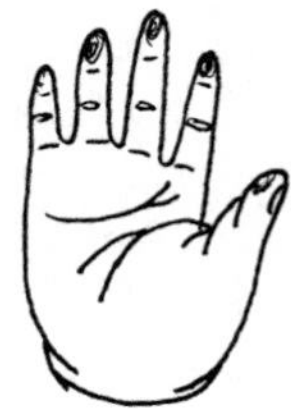

제 손바닥 안의 일에는 도무지 관심이 없는 자.

18 달뜨다

손톱 아래 당신을 향한, 아주 조그만 달이 떴어요. 가늘게 떨리며 당신을 향해, 달아올랐어요. 당신을 할퀼 준비가 끝나면 내게서 떠나갈 그런 달이 조금씩 자라고 있어요.

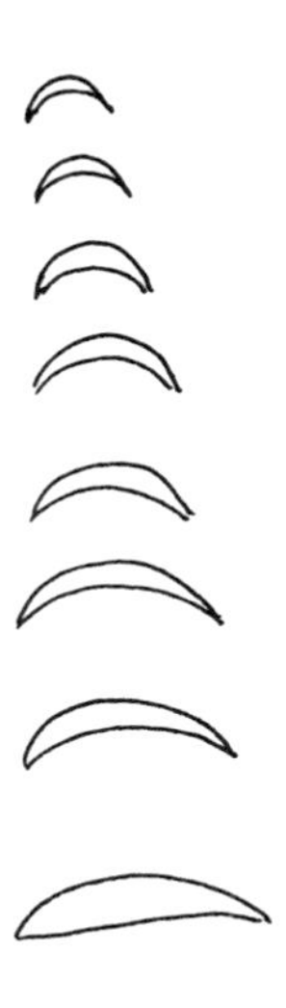

[19] 점강법

그녀가 나를 부르고 손을 내릴 때, 그녀 팔이 만드는 점강법을 따라 나도 언덕을 내려가고 싶었죠. 마주잡은 손에서 나무 한 그루 돋았으면 하고 바랐던 거죠. 그녀에게, 비죽거리며, 열 개의 가지를 뻗고 싶었던 거죠.

20 보굿

유모차에 폐지를 모으는 저 할머니, 나무가 다 되어가는 손으로 나무 아기를 거두신다.

21 타잔의 고백

인간에게 엄지손가락이 있는 건 나무를 잘 타기 위해서였다. 고개 돌린 그대를 잡을 수 있는 것도 그 덕분이지. 그대를 타고 넘어 다른 그대에 이를 수 있는 것도 또한 그 덕분.

찾아가다

다리

발

다리

: 몸통에 부속되어 몸을 떠받치고 이동하거나 운동할 때 사용되는 기관. 엉덩이와 무릎 사이에 있는 대퇴골大腿骨, 무릎과 발 사이에 있는 경골脛骨과 비골腓骨, 발에 위치한 발목뼈足根骨, 발바닥뼈中足骨, 발가락뼈趾骨 등의 여러 뼈와 수십 종의 근육, 피부로 이루어져 있다.

발

: 다리 끝에서 서는 데 쓰이는 기관으로 발목관절의 아랫부분을 지칭한다. 발뒤꿈치, 족궁足弓, 발가락과 앞에서 말한 여러 뼈로 구성되어 있다. 발톱이 있어 발가락 끝을 보호하고, 발바닥에는 주름과 무늬가 있어 마찰력을 크게 해준다. 엄지발가락은 다른 발가락과 모여 있고, 튼튼한 인대가 엄지를 지탱한다. 엄지에 있는 중족골과 지골은 크고 튼튼하다. 발의 족근골과 중족골 들이 모여 세로로 활모양의 구조를 이루어 걸을 때 충격을 흡수한다. 중족골들이 가로로 이루는 활모양의 구조도 무게를 분산하는 데 도움을 준다. 족궁이 평평하면, 걸을 때 충격을 흡수하지 못하여 고통을 느끼는 경우가 왕왕 있다. 이런 발을 편평족이라 부른다.

1 "가고 오지 못한다는 말이……"(김소월) A

수유리 근처에 가오리가 있습니다. 왕십리往十里가 10리를 더 가라는 말이듯, 가오리加五里는 5리를 더 가라는 말입니다. 수유리水踰里는 무너미의 한자식 이름이지만, 제게는 자꾸 수유授乳하는 곳으로 들립니다. 부근 야산에 있던 마을이 넓은 언덕에 자리잡았다 하여 미아리彌阿里라 하지만, 마치 미아迷兒를 품은 것처럼 말입니다. 그대여, 너무 멀리 가지 마세요. 갔다가 가시는 듯 다시 돌아오세요. 집에서는 젖먹이가 울며 보채고 있어요. 그 아이를 떠돌이로 만들지 말아요.

2 "가고 오지 못한다는 말이……"(김소월) B

●

홍정을 잘못해서 오히려 값을 올린 홍정을 가오리홍정이라 부릅니다. 방금 한 말에 화가 나셨다면, 그냥 가오리까지만 가 계세요.

3 길 저쪽에

담장을 따라 걷다보면 휘어 있는 길 저쪽에서, 누군가, 오래전부터 날 기다리고 있었다는 생각이 든다. 꽃 한 송이가 피어날 때에도 여러 번 망설여야 한다. 꽃잎 한 장과 다른 꽃잎 한 장 사이에서 나는 불편하다. 멈칫거리며 꽃잎이 돋아나고 있다. 꽃잎들은 어느 쪽 방향으로 돋아나는가? 회전문은 시계 반대 방향으로 돈다. 거꾸로 돌고 싶은 이들은 손가락을 잃을 것이다. 회전문이든 담장이든, 지나치면 제자리일 터이므로 망설이며 디디는 이 걸음이 내겐 길이요 꽃이다. 담장을 끼고 걷다보면 휘어진 길 저쪽으로, 내가 오랫동안, 누군가에게 가고 있었다는 생각이 든다.

4 전족의 슬픔

편지에 찍힌 소인消印도 발자국이다. 동그란 발을 가진 사람이 뒤뚱거리며 내게로 왔다가 뒤뚱거리며 떠나갔다는 것.

5 교차로

길이 인생에 대한 은유라면, 교차로는 사랑에 대한 은유일 것이다.

6 먼지의 길

마음은 늘 비포장이었다. 왜 그리 불퉁거려야만 했을까.

7 대도무문

길은, 단순히, 벽들이 밀어낸 빈틈일 수도 있다.

8 미소를 띠며 나를 보낸 그 모습처럼

"그댄 왜 나를 그냥 떠나가게 했나요?" 이은하가 묻는다. 떠난 건 그대인데, 내가 왜 이 불편한 사동문使動文의 주어가 되어야 하는 걸까.

9 낭패

낭狼과 패狽는 둘 다 이리를 이르는데, 하나는 앞발이 길고 뒷발이 짧아서 뒤뚱대고 또하나는 앞발이 짧고 뒷발이 길어서 절룩댄다고 한다. 둘을 합쳐 허둥지둥대는 모양을 이르는 말로 삼았는데, 전하여 난감한 처지를 이르는 말이 되었다. 보조를 맞추지 못하는 세상의 동행들이란, 그렇게 난감한 것이다.

10 거리에서

가버린 사랑은 벌써 일곱번째 가고 있다. 리어카에서 긴 긴 겨울밤을 돌고 도는 이 세상의 쓸쓸함, 쓸쓸함, 쓸쓸함.

11 이인삼각二人三脚

당신은 나와 어깨를 걸고 걸으면서 반대쪽 다리에만 신경을 썼던 거야. 당신과 걸으면서 나는 다른 쪽 보행에만 신경써야 했던 거야. 세상과 나 사이에서 당신이 찢겨나가지 않도록. 내가 속해 있지 않은 반대편 세상이 당신을 너무 빠르게 데려가지 않도록.

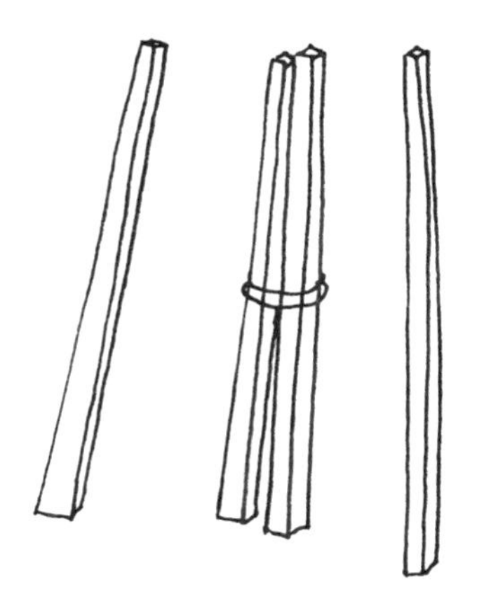

12 언 발에 오줌 누기

오죽하면 그랬겠어요? 사타구니를 타고 흐르다 무릎을 돌아나가다 발가락 사이에서 지류를 만들며 흩어지는, 그 뜨시고 척척하고 노란 맛. 오죽하면 맛보았겠어요? 처마 밑에서 기왓장 놓인 자리마다 파이는 작은 물웅덩이를 제 발등에 두려는, 그 물방울로 바위를 치려는 힘.

13 미노타우로스

택시 운전사에게는 어떤 미로도 약도이고, 버스 운전사에게는 어떤 미로도 도돌이표다. 하지만 사랑에 빠진 이에게는 어떤 미로도 불가지론이다. 내 길의 끝에서, 나를 기다리는, 해명되지 않은 그 사람이라니!

14 슬하膝下

나는 다리 밑에서 주워왔다. 다리 아래서가 아니다.

15 사랑을 건너가는 두 가지 방법

첫번째는 횡단보도를 이용하는 것. 횡단보도는 일종의 사다리다. 이곳의 사랑은 오래 기다리는 사랑이며, 천천히 조금씩 디뎌야 하는 사랑이며, 주어진 시간 안에 건너야 하는 사랑이다. 두번째가 무단횡단이다. 이 사랑에는 이곳저곳도 없고 지금과 나중도 없으며 중앙선도 없다. 누가 건너올지는 아무도 모른다. 평생平生을 질러가는 덤프트럭과 붉은 티켓을 마련해둔 경찰을 피해야 하는 필생畢生이 있을 뿐이다.

16 주저흔躊躇痕

저녁의 강에서 한 물결을 떼어 다른 강물에 풀어놓았다. 터진 피 주머니처럼 강물이 번져갔다. 물위를 걷는 사람의 발자국처럼, 여러 개의 동심원이 생겼다. 어둠을 받아안고 저무는, 저 강도 머뭇대고 있었던 것이다.

17 방어흔防禦痕

한 모래언덕이 다른 모래언덕 쪽으로 천천히 몸을 옮겼다. 바람이 오는 쪽은 완만했고, 바람이 가는 쪽은 가팔랐다. 사막을 걷는 사람의 발자국처럼, 조그만 개미지옥의 집들이 생겨났다. 그때 네 발목을 묻었던 것이 내 무심함이라고 짐짓 말할 수는 없었을 것이다.

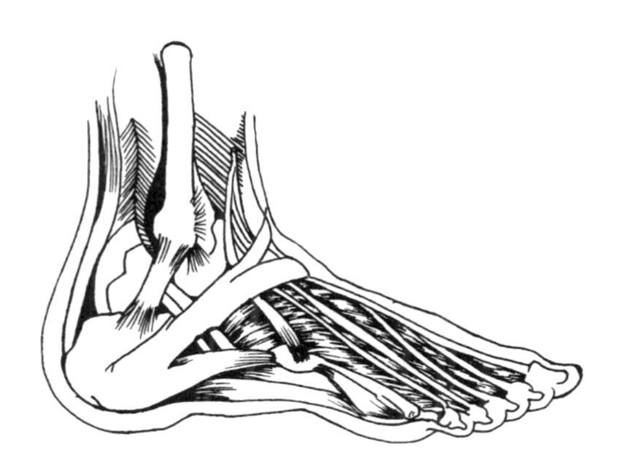

18 삼인행三人行

윷놀이에서, 석 동이 한데 어울려 가는 말을 석동무니라고 부른다. 한 동이 다른 동을 업고, 다른 동이 또다른 동을 업은 채 헐레벌떡 가는 말들이다. 넉 동이 얽혀 가면 넉동무니다. 거기에도 스승이 있어 참견하고 못난 자가 있어 한소리 듣기도 할 것이다. 삼각관계란 게 원래 그렇다. 골인하기가 아주 어렵다. 넉동무니는 말할 것도 없을 것이다.

19 성인식

"이제 스무 살이 된 애의 열아홉 살 때를 만질 수 있으면 얼마나 좋을까."(조연호) 아아, 하지만 그 눈밭을 다시 걸어갈 수는 없을 것이다. 이미 지나온 발자국이 있으니. 첫눈은 스물한 살이 될 때까지는, 다시 내리지 않는다.

20 만보객의 꿈

그가 종횡으로 가街와 로路, 애비뉴avenue와 스트리트street를 걷는 것은, 재물이나 감정, 건강을 위해서가 아니다. 자신의 운명을 만나기 위해서다. 다른 길이 일생을 횡단할 때까지, 그와 걷고 싶어서다.

21 머뭇거리다

우족을 넣고 끓인 국물에 무와 밀가루를 넣고 죽처럼 끓인 국을 주저탕이라 부른다. 그 사람 앞에서, 나는 여러 번 이 탕을 들이켰다.

22 11월

젓가락과 젓가락 사이, 혼자 걸어가는 한 사람과 다른 사람 사이, 밥알만한 머리를 가진 한 아이 붙어서 간다.

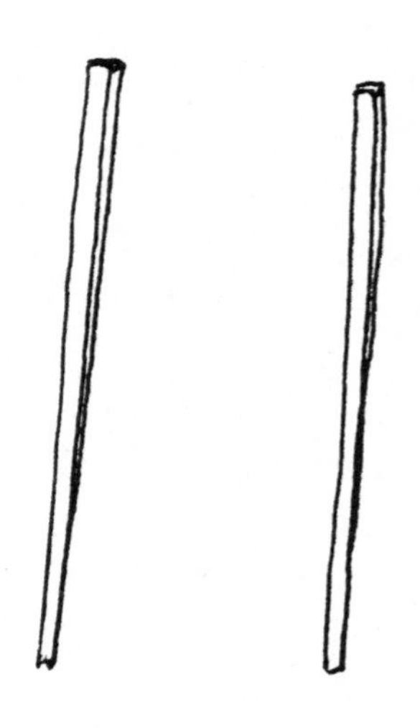

23 12월

젓가락과 숟가락 사이, 혼자 서 있는 사람과 옆에 앉아 있는 사람 사이, 칭얼대는 아이 하나 밥알처럼 붙어 있다.

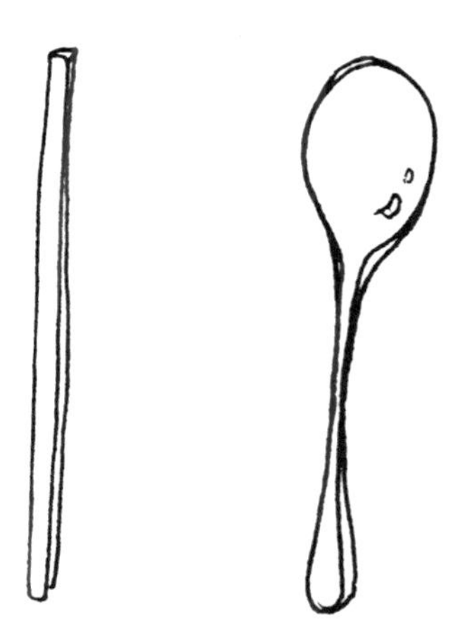

24 연륙교

넘지 못할 선을 넘어가는 다리는 돌아올 수 없는 다리다. 이를테면 양다리.

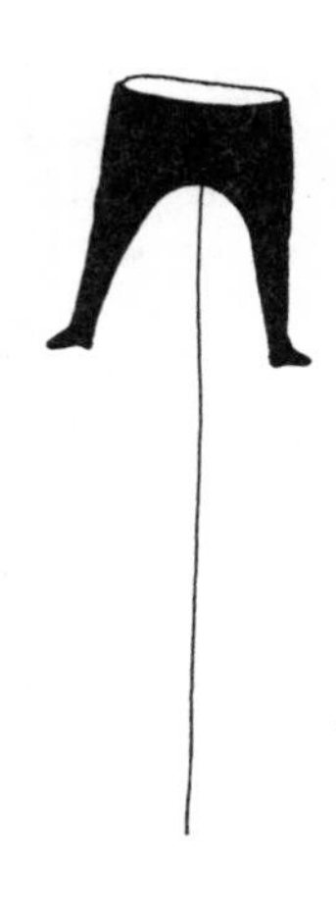

25 쥐구멍에 볕이 들어선 안 된다

메디나충이라는 무서운 기생충이 있다. 물벼룩 속에 기생하다가 사람이 물을 마시면 사람 속으로 들어와 인체를 돌아다니며 산다. 새끼를 밴 후에는 숙주의 다리로 간다. 다리에서 일부러 염증을 일으켜 다리를 퉁퉁 붓고 아프게 만든다. 그러면 숙주는 아픈 발을 물에 담그고, 빠져나온 새끼들이 다시 물벼룩을 찾아가는 것이다. 문제는 이 기생충 암컷이 60센티미터나 되며, 다리에 구멍을 내고는 천천히 기어나온다는 것이다. 중간에 억지로 뽑으면 남은 성체가 다리를 썩게 만들기 때문에, 막대에 감아 천천히 뽑아야 한다. 살아 있는 다리에서, 마취도 없이, 몇 시간이나 소리를 질러야 한다. 아, 발에 쥐가 났는데, 거기서 정말로 쥐가 한 마리 나온다고 생각해보라. 그 구멍에 볕이 들어선 안 된다. 정말 안 된다.

26 지구는 둥그니까

다리의 피가 심장으로 돌아와야 하는데 앉아만 있으면 울혈이 된다. 이게 하지정맥류와 치질이다. 걷는 게 예방법이다. 걸으면 다리근육이 수축해서 피가 올라온다. 튜브를 아래서 위로 짜는 것처럼. 지구는 둥그니까 자꾸 걸어나가면 온 세상 어린이들 치질 걱정 없겠네.

웃다, 울다

얼굴

: 두부頭部의 앞부분. 곧 눈, 코, 입이 있는 부분. 눈썹을 윗부분 경계로, 귓바퀴 앞부분을 옆부분 경계로, 턱을 아래 경계로 삼은 피부 영역이다. 이마는 표정의 일부를 이루지만, 얼굴이 아니라 머리에 속한다. 얼굴에는 한 쌍의 눈썹과 그 아래쪽에 안구가 있고, 눈꺼풀이 이를 덮는다. 아래위 눈꺼풀이 맞닿는 자리를 안검열眼瞼裂이라 부른다. 코는 특히 삼각뿔형으로 융기한 부분을 외비外鼻라고 하고, 외비의 봉우리에 해당하는 부분이 비척鼻脊: 콧등이며, 그 아래쪽이 비첨鼻尖: 코끝이다. 입에는 아래위 입술과 그 사이에 구열口裂이 있다. 뺨과 윗입술과의 사이에는 비순구鼻脣溝가 있고, 아랫입술과 하악 사이에는 이순구燎脣溝가 있다. 얼굴의 표정은 안면근표정근이라 불리는 근육이 담당한다.

1 열린 책

나 열린 책과 같았지요. 그이가 한 번에 나를 다 읽고 갔습니다.

2 닫힌 책

옮긴이의 말을 믿지 말아요. 소문은 무성한 거랍니다.

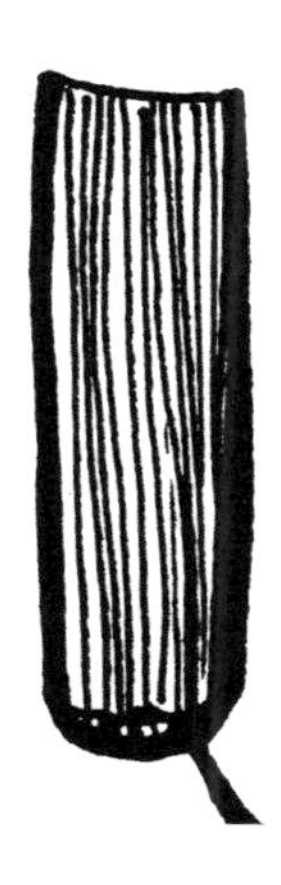

3 불태운 책과 감춘 책

화장실에서 눈물 콧물 흘려가며 옛 일기를 불태우는 사람이 꼭 있다. 슬픔이 맵거나 독한 것이다. 그보다 약한 사람들은 그 기록을 차마 버리지 못하고 라면 박스나 큰 서랍에 넣고 잠가버린다. 예컨대 이런 사람. "장님처럼 나 이제 더듬거리며 문을 잠그네/가엾은 내 사랑 빈집에 갇혔네."(기형도)

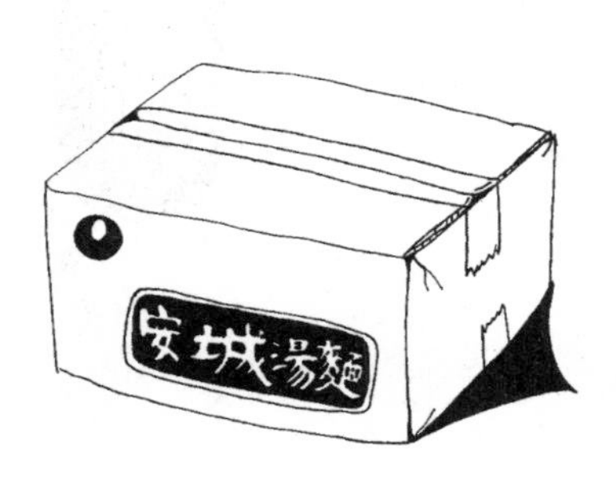

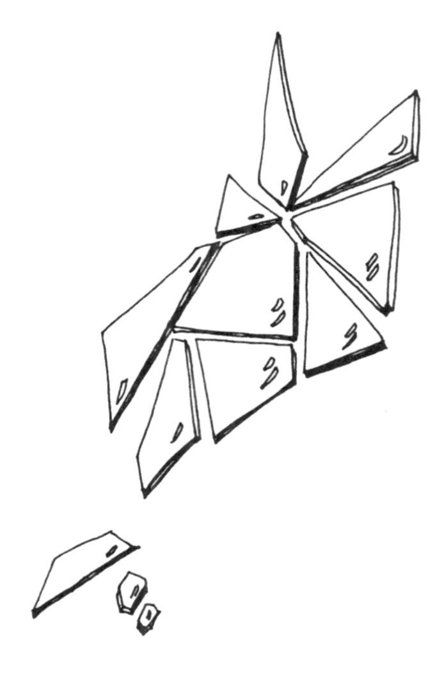

4 파경

"당신을 만났을 때 나는 얼굴빛도 좋고 나이도 젊고 옷도 많았지"라고 여자는 조신에게 말했다. 이제 당신과 같이 나눌 거울은 없다고 그녀는 다시 말했다. 파경破鏡이란 거울을 깨뜨린다는 뜻이다. 사랑하던 이들이 서로를 마주보지 못한다는 것. 서로에게서 서로의 얼굴을 볼 수 없다는 것.

5 눈 녹은 자리

지쳐 잠든 남편 등에 아내가 곤한 얼굴을 기댄다. 둥글게 눈 녹은 자리가 생긴다.

[6] 2차원과 3차원

화장하지 않은 여자 얼굴을 '민낯'이라 부르죠. 저는 요즘 생긴 '생얼'이란 말이 더 좋습니다. 밋밋하고 평평한 낯가죽보다야 생생한 얼굴이 낫겠죠. 그야말로 평면에서 3D로 변한 얼굴이 아니겠습니까?

7 어머니

랩을 벗기지 않고 들이부은 짜장처럼 어색한 표정으로 방문판매원인 그녀가 서 있었다. 기름기가 검게 탄 얼굴 가장자리에 엷게 배어나오고 있었다. 양파꽃 같은 웃음이 얼굴 뒤에 숨어 있었다. 양손에 든 큰 가방 안의 로션과 스킨을 다 쓴다 해도 그 웃음을 수식할 수 없을 것 같았다. 젊으실 적 어머니 얼굴이었다.

8 물결과 꿈결

강물은 흐르는 방향 반대쪽으로 물결을 실어보냅니다. 하구에서 올라오는 바람 때문이지요. 베개에 얼굴을 묻은 채 잠에서 깨면, 웃을 때 주름과 반대 방향으로 주름이 집니다. 꿈이 보내오는 바람 때문이지요. 연하의 남편이나 손도 못 잡아본 그녀가 걸어오지요. 하다못해 쥐떼가 출몰하거나 귀신이 쫓아오는 한이 있어도 말입니다.

9 뜯어낸 포장지처럼

그녀가 울고 있었다. 거칠게 벗겨낸 포장지처럼 형편없이 구겨진 얼굴이었다. 그가 선물이었다고, 선물인 그를 누군가 가져갔다고, 선물을 꺼낸 후에 던져둔 포장지처럼 자신이 버려졌다고.

10 얼굴 비빈 자리

신화시대에 그토록 많은 근친상간이 일어났던 이유는, 생산의 힘을 설명하기 위한 것이다. 낳는 이가 어머니이므로, 최초의 신은 대지모신이다여기서 처녀 출산 신화가 생긴다. 그런데 그렇게 자식을 낳고 나면, 신은 둘이 된다. 어머니=여자와 아들=남자. 세상에는 짝이 있어야 하므로, 이제 모자母子는 부부가 되어야 한다. 오이디푸스 콤플렉스라는 게 바로 이것이다. 엄마, 나 좀 봐줘. 징징대는 어린아이의 목소리 말이다.

로뎅
경점

11 도장 파는 노인

김판술씨73는 로댕 안경점 한구석에 앉아 있다. 새끼 손톱만한 타원에 사람들의 전생을 밀어넣기 위해서 그렇게 많은 안경이 필요했던 것인지 모른다. 작은 도장을 새기면서 김판술씨는 큰 도장이 되어갔다. 당신이 짐작했듯이, 그는 숱 적은 머리와 주름 많은 얼굴을 하고 있다. 무릇 이름은 그 사람의 얼굴이다. 그렇다, 빈틈이 있어야 양각된 삶이 또렷하다. 늦기 전에 건너뛰는 것, 그게 비약이다. 당신이 동의한다면, 돋보기안경을 쓰고 세심하게 우리를 조각하는 신의 꾸부정한 어깨를 상상해도 좋을 것이다. 아니면 안경을 쓴 채 지옥문 위에서 생각에 빠져 있는 그 사람을 떠올리거나.

12 과부촌

과부촌 간판을 본 일이 있는가? 대개는 과부촌의 '부'자 대신에, 부채를 그려넣었다. 부채는 검열을 피하기 위해서이기도 하지만, 한편으로는 욕망의 환유를 지시하기도 한다. 드러내면서 숨기기. 어사출두 후에 이몽룡도 춘향이 앞에서 그렇게 부채로 얼굴을 가렸다.

13 고통스런 웃음

귀와 볼이 이어진 어름이 귀싸대기다. 그러니까 귀싸대기를 올려붙이는 일은 귀밑까지 입이 찢어지도록 웃으라고 강요하는 일인지도 모른다.

14 철판 볶음밥 집에서

"오 행복행복행복한 항복/ 기쁘다 우리 철판 깔았네"(최승자) 철판 볶음밥 집에서 밥을 먹다가 위 구절이 반어가 아니라는 생각을 했다. 벌겋게 달구어진 행복 앞에서 나 그렇게 부풀어오른 적이 있었던가.

15 습곡 褶曲

만져지기 원하는 너의 얼굴. 한 번도 만지지 못한 이 손.

16 신문절대사절

당신이 사랑하는 그이를 볼 때, 코에서 귀 쪽으로 번지는 주름은 편도여서 당신의 웃음은 일방통행이다. 그것은 복도식 아파트와도 같아서, 눈 밑에 한 층, 볼 밑에 한 층, 그리고 입 주변에 또 한 층, 소식들을 쌓아놓는다. 그러나 그이가 떠나면, 당신이 공들여 지어놓은 주름들은 한 번에 무너진다. 물이 새고 바람벽이 쓰러지고 단전斷電이 생긴다. 이 누수는 누구의 것인가? 당신의 것인가, 그이의 것인가? 고지서를 보낼 데가 없는데도 신문은 당신의 문 앞에 날마다 쌓일 것이다.

17 밑줄

아버지 이마의 주름은 여러 번 강조한 밑줄이다. 봐라, 이건 중요한 거다. 네가 원하는 답이 여기 있다. 그래서 당신이 그렇게 여러 번 찡그린 거다.

18 기미 A

국어사전을 찾아보니, “병이나 심한 괴로움으로 인하여 얼굴에 끼는 거무스름한 점”이라 나와 있다. ‘심한 괴로움’이란 말에 한참을 머물렀다. 기미 때문에 괴로운 게 아니라 괴로움 때문에 기미가 끼었다고 되어 있었기 때문이다. 세상에, 화장이 감추는 게 기미가 아니라 괴로움이었다니!

19 기미 B

어떤 일이 일어날 것 같은 기운을 기미라고 한다. 이를테면 화장이 지워지고 있다는 것.

20 버짐나무에 핀 버짐처럼

그렇게 마음이 번져가는 오후가 있습니다. 마른버짐을 쏟아내는 저 나무처럼 그늘진 오후가 있습니다. 틈틈이 햇빛을 허락하는 저 그늘처럼 성긴 마음이 있지요. 버짐의 경계는 희미합니다. 물을 잘못 뺀 청바지처럼 희미하지요. 제풀에 풀어지는 것을 허락하는 오후입니다. 어떤 입술도 받아들일 것 같은 번짐이지요.

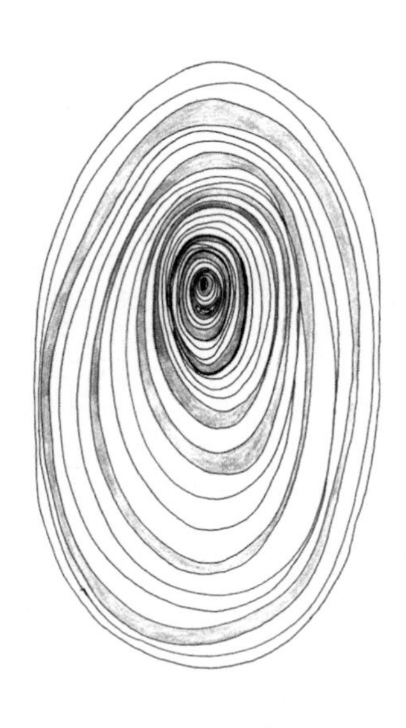

21 그 울음

그이의 울음은 그을음이었지요. 동네 뒷산에서 매단 황구처럼, 나는 마음을 다 그슬리고 말았습니다.

22 바닷물이 짠 이유

아버지가 가신 후, 어머니 얼굴은 염전이 되었습니다. 울컥할 때마다 수많은 소금이 쏟아졌습니다. 입속에서 가르릉거리며 맷돌 돌리는 소리가 났습니다. 수망이 없어졌는데, 암망밖에 남지 않았는데, 가르릉 소리는 멈추지 않았습니다. 염도가 아주 높은, 순 자연산이었습니다.

23 야누스

다듬잇돌을 베고 자면 구안괘사에 걸린다. 한쪽을 심하게 다듬은 얼굴이다. 한쪽이 웃건 울건 심지어 토를 하건, 다른 한쪽은 시종일관 무심無心이다. 아, 그의 무안無顔을 보지 말았어야 했다. 내 반대쪽으로 돌아간 입을 보지 말았어야 했다.

보다

눈

눈썹

눈

: 빛을 받아들여 뇌에 시각視覺을 전달하는 감각기관. 동공눈동자이 홍채虹彩의 도움을 받아 조리개 역할을 하여, 눈에 들어오는 빛의 양을 조절하고 초점을 맞춘다. 동공을 지난 빛은 렌즈 역할을 하는 수정체水晶體를 지나, 망막에서 지각된다. 망막網膜은 밝은 빛을 감지하는 시세포인 원추세포와 약한 빛을 감지하는 시세포인 간상세포가 모여 있어 시각 자극을 시신경을 통해 대뇌에 전달한다. 각막角膜은 안구를 둘러싼 공막鞏膜과 이어진 앞부분으로 공막이 불투명한 데 반해서 투명하여 빛을 투과할 수 있다. 지방을 분비하는 마이봄선瞼板腺과 눈물을 분비하는 눈물샘涙腺이 있어서 외부 자극에서 눈을 보호하며 비강鼻腔과 연결되어 있다. 안구의 위치와 운동을 조절하는 눈 근육에는 네 개의 직근直筋: 내직근, 외직근, 상직근, 하직근과 두 가지 사근斜筋: 상사근, 하사근이 있는데, 이 가운데 어느 한 근육에 장애가 생기면 사시斜視가 된다.

눈썹

: 윗눈꺼풀上眼瞼의 눈구덩이上眼窩 언저리 바로 위에 활 모양으로 자란 털. 전두근前頭筋, 안륜근眼輪筋, 추미근皺眉筋 등으로 움직이며, 다양한 표정을 짓는 데 도움을 주지만 밀어버려도 큰 상관은 없다. 속눈썹은 아래위의 눈꺼풀 가장자리에 나 있는 길이 10밀리미터 정도의 가는 털이다. 지각에 예민하여 이물異物을 대하면 눈꺼풀을 닫아서 눈을 보호한다.

1 바라본다는 것

눈은 생물의 세계에서 40번 이상 독립적으로 진화했다고 한다. 캄캄 암흑에서도 새싹처럼 돋아나는 '바라본다는 것'. 눈이 있어서 당신을 보는 게 아니다. 당신이 거기 있어서 나는 본다.

2 마리오네트

시선視線은 줄이다. 내가 너를 당겼다. 너는 어색하게 내게로 왔다. 내가 시선을 거두자, 네가 쓰러졌다. 풀썩, 쓰러지며 온몸의 지절을 다 꺾었다.

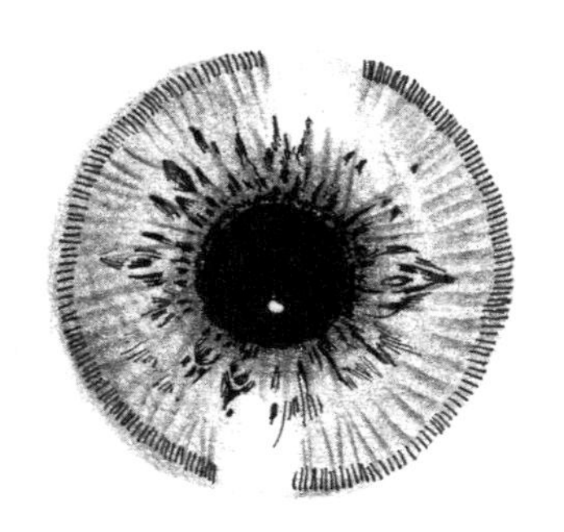

3 막간幕間

눈꺼풀은 장막이다. 끔벅이는 일은 세상에 대해 장막帳幕을 치는 일이다. 한 풍경과 다른 풍경 사이에 칸막이를 치는 일이다. 한 캄캄함과 다른 캄캄함 사이에서 세상은 다만 막간이다. 한 세상과 다른 한 세상을 분절하는 것이다. 우리는 그렇게라도 해서 견디는 것이다.

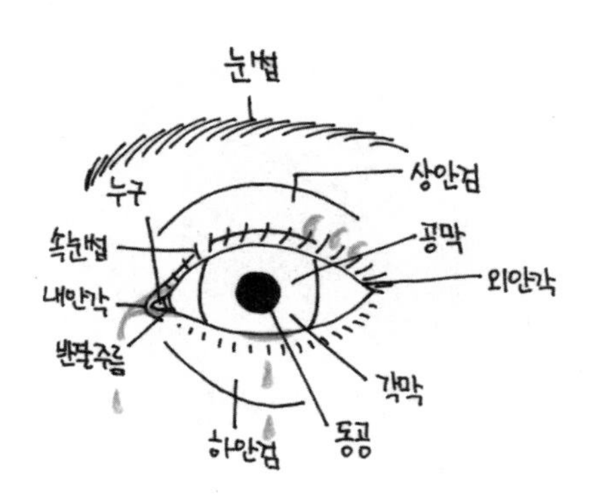

4 눈의 개수

한자를 만든 창힐蒼頡은 눈이 네 개였다고 한다. 이를 병명幷明이라 하는데, 세상을 해와 달처럼 환히 보았다는 뜻이다. 만취하지 않고서는 도무지 가능하지 않은 눈빛이다. 그대에게 취하지 않고서는 그대를 해와 달처럼 환하게 볼 수 없다는 뜻이다.

5 나는 나 자신의 꿈이다

글을 쓰는 나와 바라보는 나. 나는 나 자신의 꿈이다. 우리는 서로의 이미지이고 기억이다.

[6] 9미터짜리 슬픔

그의 눈물은 갈고리촌충처럼 눈에 걸려 있다. 호박씨를 툭툭 뱉어내듯, 마디가 된 눈물이 떨어진다. 이제 그만 나가라, 9미터짜리 슬픔아. 몸안에 차곡차곡 쟁여넣은 쪼글쪼글한 슬픔아.

7 바보들 A

대상에게서 사랑하는 이와 닮은꼴을 찾는 사람은 사랑하는 사람이 아니라 추억하는 사람이다. 가령 "당신은 내 첫사랑을 닮았어요"라는 고백을 해대는 바보들.

8 바보들 B

오징어 역시 사랑에 눈먼 청맹과니들의 은유이다. 그렇다면 집어등集魚燈이 사랑의 그 빛이란 말인가. 오징어의 눈은 인간의 눈보다도 훨씬 과학적인 구조를 갖고 있다고 한다. 물론 머리는 인간보다 훨씬 나빠서 도무지 계산할 줄 모른다.

9 어리둥절한 슬픔

그 여자가 조금씩 내다버린 슬픔이 모여 웅덩이가 되었다지요. 철벅거리며 지나는 이들이 그녀의 슬픔을 조금씩 발에 묻혀 웅덩이 밖으로 데리고 나갔다지요. 여기저기 기웃대느라 웅덩이가, 그녀를 되비출 수는 없었다지요. 그 여자, 얼마나 부었는지, 말랐는지 도무지 알 수 없었다지요. 너무 많은 이들이 바짓단을 적시며 사방으로 흩어져서, 그 여자 누구 때문에 그토록 슬퍼했었는지, 영문을 몰라 어리둥절해졌다지요.

10 회전문과 회전문 사이

회전문 하나가 한 세상을 받아들이고 내치고 한다. 한 세상이 기우뚱 흔들리다가 안으로 들어갔다가 밖으로 나온다. 그것이 각도의 문제인가? 들어간 모든 사람은 다시 반원을 그리며, 원을 완성하며 빠져나온다. 그녀가 눈에 고인 눈물을 몰아냈을 때, 그 사람도 그렇게 쓸려나왔을 것이다. 각도가 달라졌을 것이다.

11 활동사진처럼……

그가 떠날 때, 눈에 고인 티끌을 몰아내려고 눈을 깜박였다는 노래를 들었어요. 거듭 달려드는 티끌을 그예 몰아내려고 여러 번 깜박였다고 들었어요. 그가 무성영화의 한 장면처럼, 흐리고 단속적인 풍경 속을 뒤뚱거리며 어색하게 떠났다고 들었어요. 그가 떠난 자리가 소실점이 되었다고, 그리고 그것이 주인공의 맹점盲點이 되었다고, 그래서 다시 볼 수 없게 되었다고 들었어요.

12 백락과 천리마

"세상에 백락천리마를 알아보는 안목을 가진 명인이 있은 연후에 천리마가 있는 것이다. 천리마는 항상 있지만 백락은 항상 있는 것이 아니다."(한유) 비단 인재人才에 관한 이야기만은 아니다. 사랑에 빠진 자들은 모두 백락이다. 내가 그이를 발견했어, 그이처럼 착하고 멋지고 능력 있고 상대를 배려할 줄 아는 사람은 없어. 그런 이가 왜 없겠는가. 그건 그이의 속성이 아니라 사랑의 속성이다. 천리마가 늘 있지만 백락이 항상 있는 것이 아니듯, 사랑할 만한 사람은 늘 있지만 그 사람을 사랑하는 사람은 항상 있는 것이 아니다.

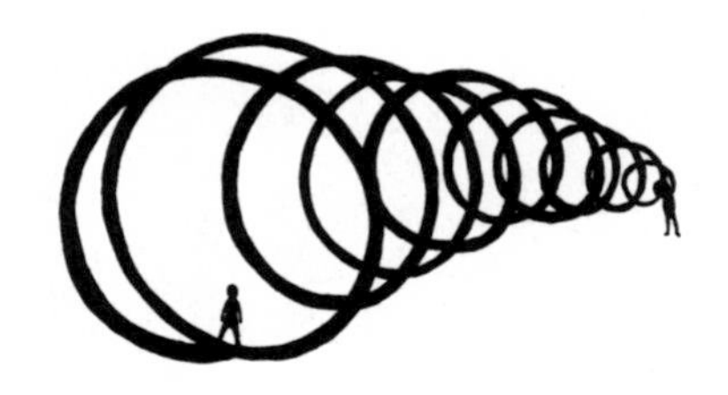

13 무심한 시선

LG 패션 쇼윈도 안에 서 있는 마네킹이 하루종일 사방 풍경을 감시한다. 시선이 비었으므로, 무심하므로, 마네킹은 어느 것 하나 눈에 담지 않는 것이 없다. 마네킹은 나에 대해 이렇게 말할 것이다: 그는 두시 방향에서 출몰하여, 나를 힐끗거리고는, 여덟시 방향으로 사라졌다.

14 시선의 끝

소실점을 풍경의 마침표라 한다면, 내 시선의 끝에 네가 있었다고 해도 과장이라고는 못 할 것이다.

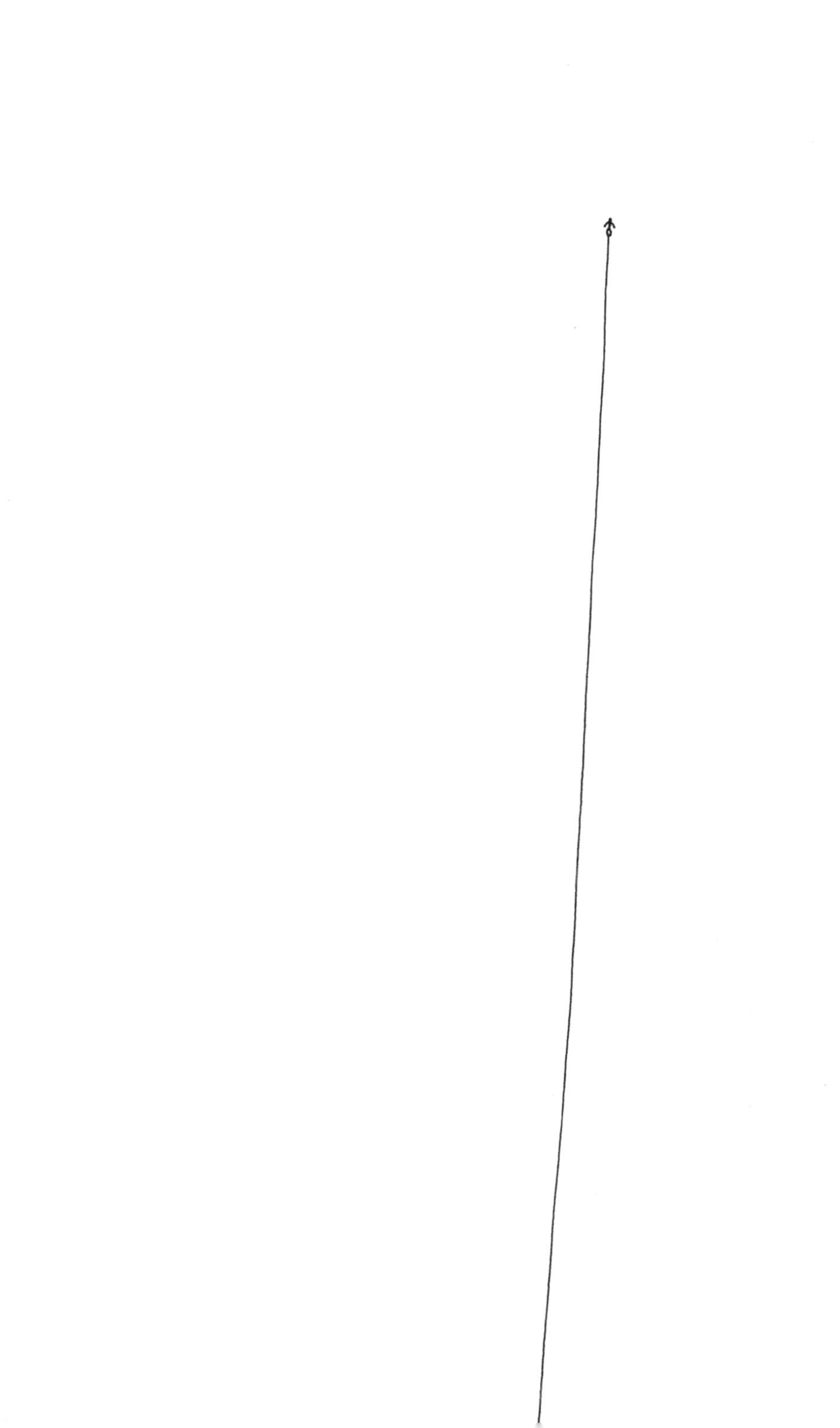

15 타산지석

나는 많은 이들이 가진 아름다움을 보았지만, 아무도 내 아름다움을 보아주지 않았다. 기껏해야 그들은 내게 비친 자신들의 아름다움만을 보았던 것이다. 나를 보고 그들은 화장을 고치고 얼굴을 매만지며 옷매무새를 가다듬고 그러고는 나를 떠나갔다. 서운하다는 뜻이 아니다. 타산지석他山之石이라는 말이 있지 않은가. 나는 그저 다른 세계의 돌이었을 뿐이다. 다만 그때, 내가 잘 닦인 돌이었기를 바란다.

16 잠든다는 것

백악기의 대멸종 시기에 수많은 플랑크톤이 멸종했는데, 유독 규조류만이 살아남았다. 영양분이 없으면 규조류는 포자로 모습을 바꾸어 깊은 바닷속으로 가라앉는다. 다들 소멸해갈 때에, 규조류는 소멸을 흉내내어 살아남았던 것이다. 깊이 잠드는 일이 죽음을 대신한 것이다. 정말로 눈을 감아서 '눈을 감았다 = 죽었다' 라는 관용 어법을 이겨냈던 것이다.

17 불 끈 나라의 황급한 사라짐이여(이성복)

그때 내 마음은 불 끈 나라에 있었다. 눈감고도 망막에서 붐비는 어떤 수런거림이 있었다. 환상도 잔상殘像도 아닌, 빛의 거미줄이 있었다. 거기에 걸려 파닥이는 네가 있었다.

18 이상주의자

불을 향해 뛰어드는 나방을 보고 가미카제 특공대를 떠올리는 이들이 없지 않을 것이다. 나방은 왜 자살을 하는가? 사실 나방은 빛을 제 삶의 좌표로 삼았을 뿐이다. "인공조명은 비교적 최근에 생긴 것이다. 밤에 보이는 빛이라고는 달빛과 별빛밖에 없었다. 그것들은 광학적으로 무한대에 놓여 있기에 거기서 오는 빛은 평행하다. 그 빛을 나침반으로 삼으면 유용하다. 곤충들은 해와 달 같은 천체를 이용하여 정확히 직선으로 날아간다고 알려져 있으며, 탐식한 뒤 집으로 돌아올 때에도 그 빛을 나침반으로 이용한다."(리처드 도킨스) 곤충의 겹눈은 이 빛을 일정한 각도에서 받아들일 때에만 제 기능을 한다. 그런데 인공조명은 가까이 있어서 부챗살처럼 퍼진다. 나방은 이 빛을 별빛이나 달빛처럼 제 움직임의 좌표로 삼았던 것이다. 나방은 글자 그대로 "별이 빛나는 창공을 보고, 갈 수가 있고 또 가야만 하는 길의 지도를 읽을 수 있었던 시대"(루카치)에 살았던 것이다. 무모한 게 아니라 현명한 것이다.

19 현실주의자

한 사람을 보고 그 사람의 가계와 통장과 얼굴의 비례를 보는 사람은 현실주의자도 유물론자도 아니다. 그런 자는 관념론자이거나 유아론자다. 현실주의자는 그 사람이 자신 앞에 서 있다는 사실, 자기 입술이 닿을 수 있는 거리에 있다는 사실, 바로 그것만 본다.

20 부처님 가운데 토막

눈동자에 비쳐 보이는 사람의 형상을 눈부처라고 하죠. 제 눈에 비친 그 사람이 그렇게 멋있다는 뜻입니다. 하지만 그 사람이 내게 아무런 관심을 보이지 않는다면, 그는 목석이 되지요. 돌부처가 됩니다. 중심中心이, 꿈쩍도 하지 않는 사람 말입니다.

21 사시斜視 A

"고향에서는 부릅뜬 눈을 눈깔방망이라고 불렀단다. 서울에서는 그걸 눈도끼라고 하더라. 세상에 눈두덩에 흉기를 넣어 가지고 다니다니! 여기나 저기나 사람 사는 세상, 참 숭시럽구나."

22 사시斜視 B

내가 바라본 사람은 나를 주목하지 않았고, 나를 바라본 사람은 내가 쳐다보지 않았다.

23 눈물의 힘

나 없는 새에 어린 조카가 와서 금붕어 두 마리를 열대어 키우는 어항에 넣었다. 지들끼리 자꾸 잡아먹어서, 어항 안에 고기가 몇 마리 남지 않은 게 조카는 안타까웠던 모양이다. 집에 와보니 금붕어 두 마리, 비늘이 다 터져서 너덜너덜한 게 헝겊 두 조각이 둥둥 떠 있는 것 같았다. 조카가 민물과 바닷물의 차이를 알지 못했던 거다. 맹물과 눈물의 차이를 알 나이가 아직 아니었던 거다.

24 판옵티콘

"주위는 원형의 건물에 에워싸여 있고, 그 중심에는 탑이 서 있다. …… 중앙의 탑 속에는 감시인을 한 명 배치하고, 각 독방 안에는 광인이나, 병자, 죄수, 노동자, 학생 등 누구든지 한 사람씩 감금할 수 있게 되어 있다."(푸코) 그건 자의식에 대한 비유이기도 하다. 자기 행동을 관찰하고 조롱하고 찬탄하는 또다른 자기 눈. 삶의 각 부면을, 그때의 행동을 각각의 무대로 나누어 저장하고 분류하고 감시하고 평가하는 눈.

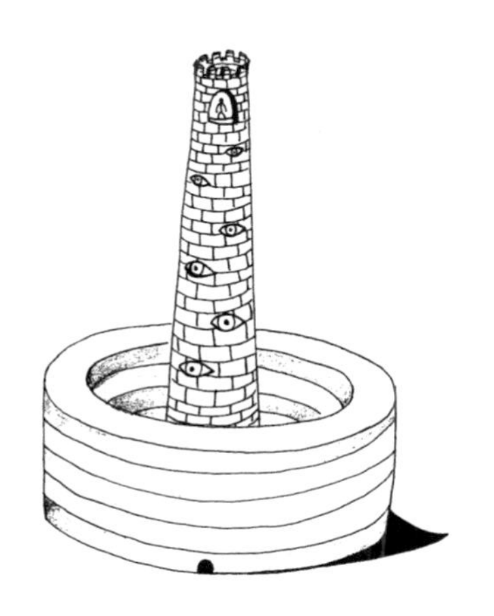

25 피라미드식 관찰법

이집트 그림의 원리를 정면법이라 부른다. 가장 잘 보이는 각도에서 본 신체 부분을 조합해서, 한곳에 모으는 방법이다. 예컨대 눈과 어깨와 몸통은 정면에서, 코와 얼굴과 사지는 옆면에서 본 모습을 조합하는 것이다. 매형의 사업이 망한 후에, 사촌누나는 다단계 판매에 뛰어들었다. 먼 데서 얘기하다가도 이쪽 얘기에 귀를 쫑긋 세웠다. 옆모습으로도, 이쪽을 응시하고 있었다.

말다

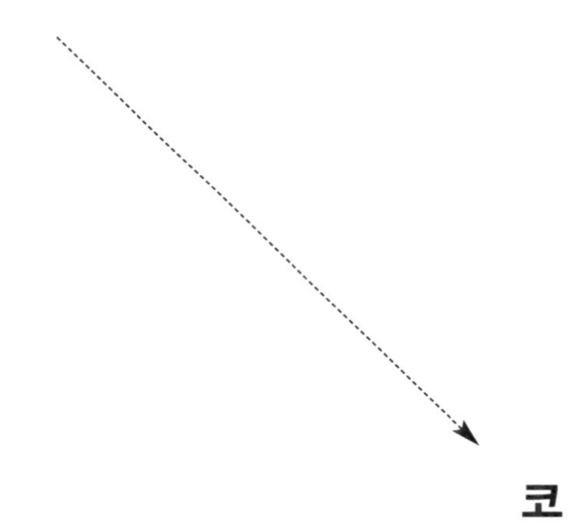

코

: 호흡기의 일부이자 후각을 담당하는 감각기관. 바깥코外鼻와 내부의 비강鼻腔으로 이루어져 있다. 코를 형성하는 것은 비골鼻骨과 비연골鼻軟骨, 상악골의 일부인 전두돌기前頭突起, 비근鼻根과 피부다. 비강의 앞에는 비전정鼻前庭이 있다. 코의 피부가 자란 곳으로 코털이 나 있고 피지선皮脂腺과 아포크린샘이 있다. 비전정을 제외한 뒷부분의 비강은 후비공後鼻孔이라고 불리며 인두강咽頭腔과 통한다. 혈관이 많은 두꺼운 점막에 덮여 있다. 이 점막에는 섬모도 많이 나서 숨쉴 때 먼지나 세균을 섬모운동을 통해 걸러내거나 콧물을 흘려보낸다. 비강의 위쪽에 있는 후점막에는 후嗅세포가 있어서 냄새를 지각한다. 코의 모양은 눈썹과 마찬가지로 개인의 인상에 큰 영향을 미친다.

1 콧구멍은 왜 아래에 나 있나?

답은 음식 냄새를 맡기 위해서라고 한다. 미각이 후각의 도움을 필요로 한다는 사실은, 감기에만 걸려봐도 안다. 하지만 나는 비 들이치는 걸 막기 위해서, 라는 썰렁한 답변이 좀더 마음에 든다. 헤어지자고 말하는 남자에게 물컵을 들어 끼얹는 여자를 상상해보라. 콧구멍이 위에 나 있다면…… 생각만 해도 쭈뼛해진다. 물고문이 괜히 있는 게 아니다. 고춧가루를 뿌리기에도 좋을 것이다.

2 콧구멍은 왜 둘인가?

축농증에 대비하기 위해서다. 오른쪽으로 누우면 왼쪽 콧구멍에, 왼쪽으로 누우면 오른쪽 콧구멍에 숨통이 트인다. 물론 의사나 약사의 말은 아니다. 그 사람이 떠나간다면 당신은 당장 그런 환자가 된다는 얘기다. 콧구멍이 둘이어야 그걸 견딜 수 있다는 말이다.

3 코는 왜 하나인가?

구별하기 위해서다. 이를테면 코를 흘리다, 코가 나오다, 코가 납작해지다, 코 먹은 소리를 내다, 코를 맞대다, 코를 풀다……라는 용례를 보라. 코가 둘이라면 구별하기가 쉽지 않을 것이다. 잃어선 안 되는 것을 잃게 될 것이다.

4 코는 왜 얼굴 앞에 나와 있나?

귀가 양옆에 뚫린 것은 두리번거리기 위해서이고, 입이 얼굴 아래 놓인 것은 보고 냄새 맡은 다음에야 먹을 수 있기 때문이지만, 코만은 피동형 기관이다. 코가 얼굴 앞에 난 것은 인도받기 위해서다. V자 모양을 한 손가락 둘을, 손바닥이 위를 향하게 해서 뻗으면, 당장 그 사람이 걸려든다. 그건 나쁜 일이 아니다. '코를 꿰었다' 는 말은 없지만 '코가 꿰였다' 는 말은 있다.

5 슬픔의 종류

"슬픔에도 여러 결이 있는 거 같아요. 어제는 여럿이 길을 가다가 갑자기 눈물이 나서 혼났어요." 콧날을 매만지면서 나는 대답했다. "콧등에 여드름이 나서 시큰거리고 아파요. 그게 나예요."

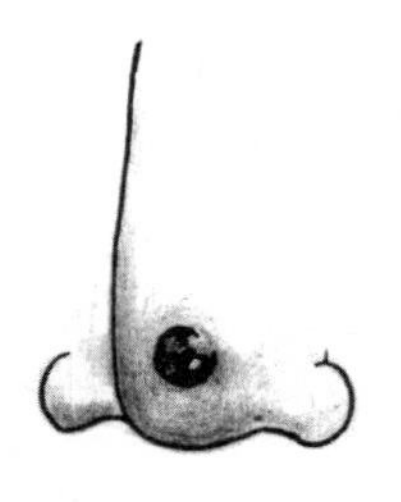

6 또 봄

어린 시절의 봄날은 분뇨차의 아련한 냄새와 함께 오곤 했다. 잘 익은 똥은 농익은 꽃향기와 같아서, 흘린 게 없어도 냄새만으로 길이 길게 이어졌다. 따라와, 따라와. 한 무더기 예쁘게 싸줄게. 그 길을 좇아가면 개나리와 씀바귀 군락이 날 기다리곤 했다.

7 경계라는 것 A

당신의 좌우를 나눈다는 것 말고 바깥코가 하는 일은 아무것도 없다. 왼쪽 눈으로 왼쪽 콧등 너머를, 오른쪽 눈으로 오른쪽 콧등 너머를 볼 수 없다는 것, 그게 바깥코의 역할이다. 아무것도 아닌 것, 그게 경계다. 그 너머 아무것도 보이지 않는다는 것, 그게 경계다.

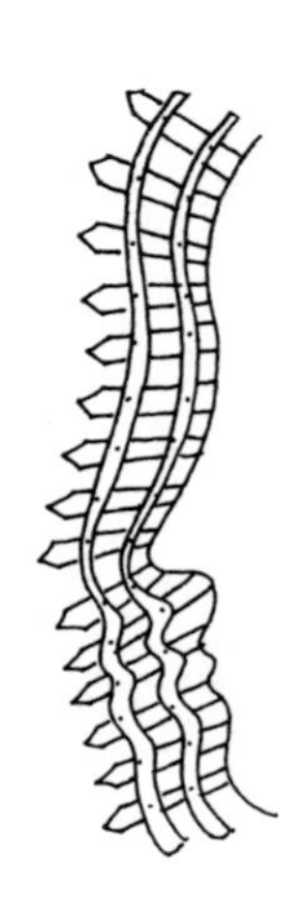

8 경계라는 것 B

같은 말을 한번 더 하자. 왼쪽 눈의 눈물은 왼쪽 볼을, 오른쪽 눈의 눈물은 오른쪽 볼을 타고 흐른다. 바깥코가 있어, 눈물은 섞이지 않는다. 당신이 좌우로 뒤척이며 울지 않는다면 말이다. 그래서 베개에 얼굴을 묻고 운다는 건 코를 뭉개고 운다는 뜻이다. 경계를 지우며 운다는 뜻이다.

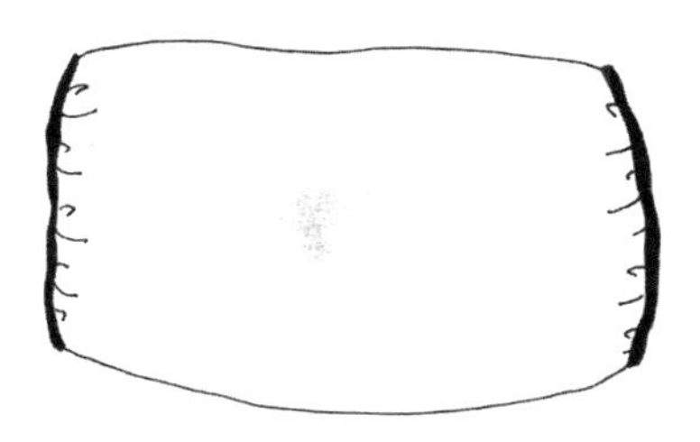

9 전속력으로……

재채기할 때의 속도는 시속 1,020킬로미터로 음속의 85퍼센트에 이른다. 조금만 더 빨랐다면, 침이 튀어나오는 속도가 소리보다 빨랐을 것이다. 초음속으로 날면 '음속폭음sonic boom'이라 부르는 거대한 폭발음이 난다. 재채기할 때마다 대폭발이 일어났을 것이다. 전속력으로 그대를 떠나는 것 중에, 사랑 다음으로 빠른 게 바로 그것이다.

10 개에게서 배워야 할 일

인간에게는 5백만 개의 후각세포가 있으나, 220만 개의 후각세포를 가진 양치기 개는 인간보다 44배나 냄새를 잘 맡는다. 당신이 가진 게 얼마만큼이냐가 중요한 게 아니다. 정말 아니다.

11 코끝에 맺힌 기억

치매 환자가 가장 먼저 잃어버리는 것은 기억과 함께, 냄새다. 냄새를 맡는 능력과 기억하는 능력이 함께하기 때문이다. 아, 그이가 얼마나 고소했는가를 잊지 않았어야 했다.

12 행복의 조건

맛은 냄새이기도 하다. 코가 막히면 스테이크가 타이어 조각이 되고, 된장찌개가 똥물이 된다. 미국에서만 냄새를 못 맡는 사람이 2백만 명이다. 그냥 '살려고' 먹는 이들, 감기에 걸린 이들, 축농증이 심한 이들을 포함하면 맛없이 사는 이들은 훨씬 더 많아질 것이다.

13 눈감으면 코 베어가는 세상

중국 삼국시대에 조문숙曹文叔의 아내인 하후문령夏侯文寧이라는 이는 남편이 일찍 죽은 뒤에 아버지가 개가할 것을 강권하자, 귀와 코를 베어 정절을 지켰다고 한다. 코를 포기하면 세상 사람들의 눈과 귀, 곧 이목耳目이 닿지 않을 것이라는 생각이었을 게다. 코가 눈과 귀에 달려 있었으니, 눈을 포기하면 코를 베어간다는 옛말이 정말 맞기는 맞았던 모양이다.

14 코를 베어도 눈감지 않는 세상

비잔티움의 황제 유스티니아누스 2세669~711는 반란군에 의해 코와 혀를 잘리는 형벌을 받고 유배를 당했다. 신체를 훼손한 자는 황제가 될 수 없었기에, 반란군이 그의 코를 잘라버렸던 것이다. 하지만 그는 역쿠데타에 성공해서 다시 제위에 올라, 리노트메투스코 없는 황제란 별칭을 얻었다. 코를 포기하고서도 세상 사람들의 눈과 귀, 곧 이목耳目을 이겨낸 자가 있었던 셈이다.

15 뒤로 넘어져도 코가 깨진다는 말

차 안에 넣어둔 모과는 흉기입니다. 향기의 종주먹이죠. 당신이 급브레이크를 밟으면 큰 주먹이 날아와 당신의 뒤통수를 때릴지도 모릅니다. 조심하세요. 모과와 뒤통수 가운데 어느 것 하나는 깨지게 마련입니다.

16 코가 뱃머리를 닮은 이유

완전히 반하는 것을 속된 말로 '홍콩香港' 간다고 하지요. 향기의 바다를 거쳐왔으니 그럴 수밖에요. 닻을 내릴 수밖에요.

17 클레오파트라의 코

이제는 그만 얘기하자. 뭐, 그녀의 코가 뒷산 남근석도 아닌데, 이제는 하도 만져 다 닳지 않았겠나?

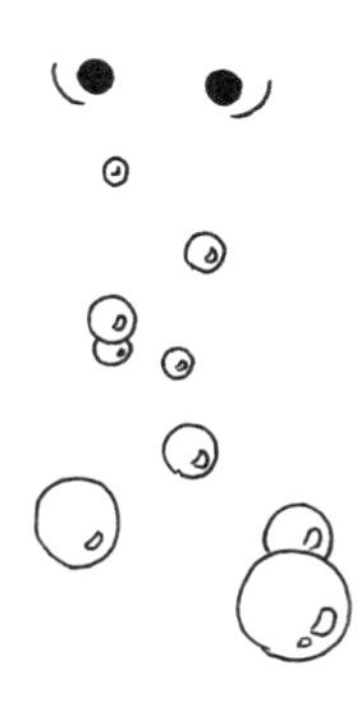

18 방귀

엉덩이와 코가 만나는 날이 있다. 끝에서 빠져나온 향기가 처음으로 돌아오는 날이 있다. 욕조 속에서 뿜어낸 방울방울이 당신을 향해 올라오는, 저 어린 시절의 비누 거품 놀이 같은 날이 있다. 향기 '방芳', 돌아올 '귀歸'라 쓴다 해서, 독한 냄새가 밋밋해지지는 않을 것이다.

말하다, 맞추다

입술

혀

입

입술

: 육질肉質로 이루어진 주름으로 포유류에서 주로 발달했으며, 그중에서도 사람에게서 가장 발달했다. 구순口脣이라고도 부르며, 입의 주변에 모여 있다. 윗입술과 아랫입술로 이루어져 있으며 그 사이를 구열口裂이라고 한다. 윗입술 가운데에 인중人中이 있는데, 떨어진 두 입술이 합친 자국이다. 입술 바깥쪽은 얼굴 피부이고, 안쪽은 점막으로 덮여 있다. 둘 사이에 붉게 보이는 부분을 홍순부紅脣部라 한다. 홍순부는 겉이 두껍고 부드러우며 모세혈관이 발달하여 붉게 보인다. 구륜근口輪筋이 구열을 수레바퀴 모양으로 둘러싸서 입을 열고 닫거나 오므릴 때 쓰인다. 감각신경이 많이 분포해 있어서 자극에 매우 민감하다.

혀

: 동물의 입안 아래쪽에 붙어 있는 육질의 기관으로 음식을 맛보고 씹고 넘기는 일, 언어를 발음하는 일을 주로 하지만, 특별한 자극에도 민감하다. 혀의 위쪽과 옆쪽에는 설유두舌乳頭라는 점막돌기가 있고, 여기에 신경 말단이 뻗어 있어서 맛을 분별한다. 혀를 구성하는 근육을 설고유근舌固有筋이라고 하며, 혀밑신경이 이를 조종하여 위아래, 좌우, 전후로 자유롭게 움직이게 한다. 물론 혀

밑신경을 조절하는 곳은 다른 데 있다. 혀의 점막에는 설선舌腺이라 부르는 작은 침샘唾液腺이 있어 혀를 마르지 않게 해준다.

입

: 구열口裂에서 안쪽, 위아래 치아가 늘어서 있는 곳까지를 구강전정口腔前庭이라 이르고, 치아 너머 안쪽을 고유구강固有口腔이라 이른다. 고유구강의 위쪽은 구개口蓋이고, 아래쪽은 혀가 있는 구강저口腔底다. 다시 구개의 앞쪽은 딱딱한 경구개, 뒤쪽은 부드러운 연구개다. 입속에는 턱밑샘과 혀밑샘 등의 침샘이 있어 침을 분비한다. 입은 코와 귀와도 연결되어 있다.

[1] 붉은 등

그녀의 혀가 몸속으로 들어온다. 혀는 붉고 뜨겁다. 잠시 몸속이 환해진다.

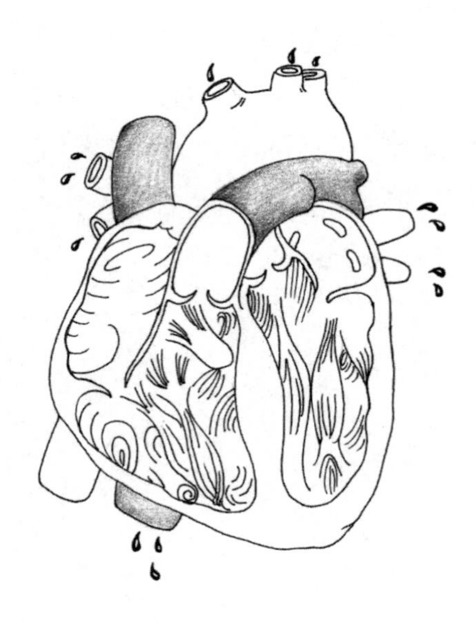

2 누군가 그대를 지나쳐갔다

골목길 모퉁이가 긁혀 있다. 누군가 범퍼로 모퉁이를 밀고 갔다. 쪼글쪼글한 주름들이 모여 있다. 그곳이 처음으로 그대가 입술을 내민 곳이다. 누군가 그대를 열려고 했던 거다. 그대 입술을 모른 체 지나갈 수 없었던 거다. 그러나 담은 문이 아니어서, 그대는 소심했고 그래서 완강했다. 그대는 다만 허공虛空을 품은 자루처럼 앙다물었고 결국 쪼글쪼글해졌고 마침내 닫혔다. 그 사람도 그대를 지나치며 조마조마했을 것이다. 초보였을 것이다. 두근두근 그대 쪽으로 진입했을 것이다. 그러곤 열리지 않는 벽 앞에 몇 마디 탄식을 놓아두고 사라졌을 것이다. 누군가, 그렇게, 그대를 지나쳐갔다.

3 "혀끝에 맴도는 이름"(파스칼 키냐르)

해삼은 망자의 혀다. 꿈틀거리는 검은 혀는 아무 말도 하지 않는다. 짠물을 삼키고 뱉어내며 조금씩 움직일 뿐이다. 잊혀진 것들에 관해서는 아무 말도 할 것이 없다. 지나간 것들은 이미 변색했다. 해삼을 건져 토막을 내면, 혀는 흐물흐물해진다. 흐느끼는 것이다. 잠시 더 놓아두면, 혀는 딱딱해진다. 혀끝에 맴도는 이름을 떠올리려 할 때마다 그것은 멈칫거린다. 돌이킬 수 없는 경직이다.

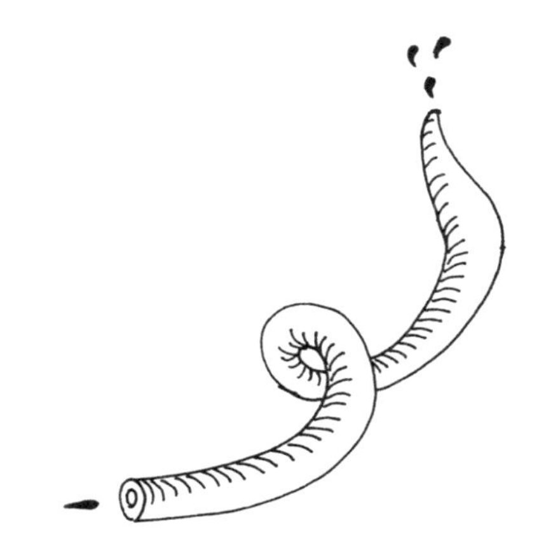

4 두 개의 구멍

입과 항문, 받아들이고 내치는 두 개의 구멍으로 대표되는 삶은 슬프다. 관통貫通에는 내가 없으며 네가 없다. 나는 너를 채우지 않았으며 너는 내게로 들지 않았다. 우리는 지나쳤을 뿐이다. 막 벌어지기 시작한 꽃봉오리처럼 그대에게 내미는 입술과 견딜 수 없이 피어오르는 열꽃처럼 그대를 버리는 입술.

5 우물의 깊이 A

나는 천착穿鑿하고 천착하였습니다. 천착은 구멍을 낸다는 뜻입니다. 그대에게서 맑은 물이 괼 때까지 그대 안에 깊이 잠겨든다는 뜻입니다. 마침내 그 물에 자신을 비춰볼 때면, 우물은 내 안의 동굴이 됩니다.

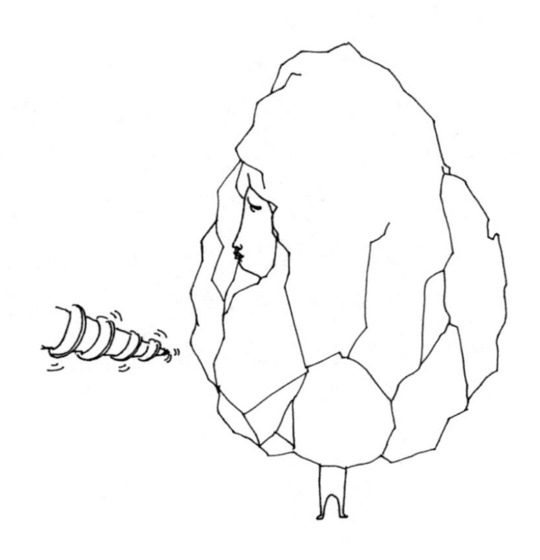

6 우물의 깊이 B

내가 그대 안으로 깊이 두레박을 내리자 수면은 너울져 흔들렸습니다. 거울이 산지사방으로 깨어져나갔습니다. 그게 파경破鏡이 아니라면 무엇이었겠습니까? 그대 안에 들 때마다 내 사방데가 뿔뿔이 흩어져 달아났습니다.

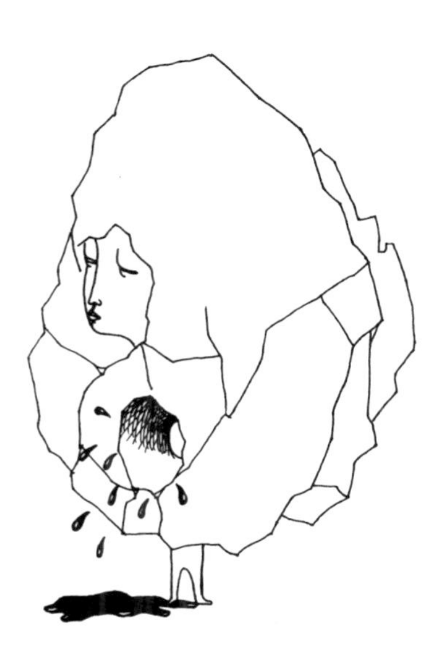

7 우물의 깊이 C

그대가 깊어질수록 나의 하늘은 멀어졌습니다. 처음에는 놋으로 만든 대야만했다가 다음에는 양은 냄비만 했다가 그다음에는 구리 동전만 했다가 마침내는 사등성四等星처럼 희미하고 까마득해졌습니다. 천착 탓입니다. 동굴이 너무 깊어진 탓입니다.

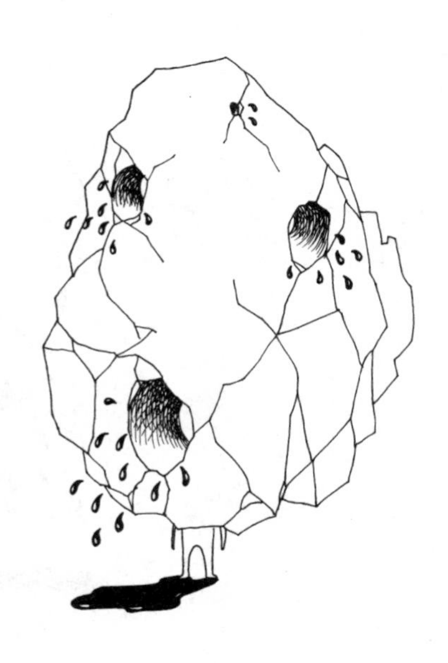

8 우물의 깊이 D

"목마른 자가 우물 판다"는 말이 있지요. 나는 오래 그 우물이 목구멍을 은유하는 게 아닐까 생각했어요.

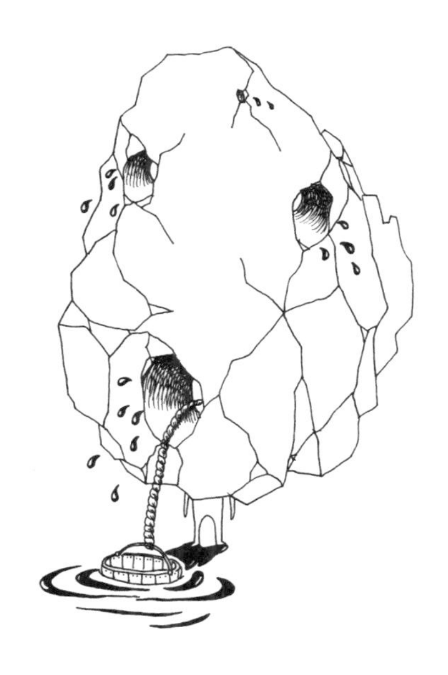

9 건너온 사람

인중人中을 사람들 사이라 읽고 싶어진다. 사람들을 가로질러 가닿고 싶은 곳이 있다고, 홈파인 그 공간으로 미끄러져 들어가고 싶다고, 그 아래로 흐르고 흐르다 앙다문 자리에 이르겠다고 쓰고 싶어진다. 나를 받아주지 않는 어떤 세부에 탐닉하고 싶다고, 옹이처럼 붙박여 다시는 떠나지 않겠다고 쓰고 싶어진다.

10 맥놀이

대화를 맥놀이 현상이라 볼 수는 없을까? 서로에 대해 공명하면서 강약을 조절하는 두 목소리 말이다. 거기에 가끔 삿대질이 끼어든다면, 그 손가락을 상대방의 주파수를 탐지하려는 안테나라고 생각하자. 상대방의 주파수가 잘 잡히지 않아서 애써 들어올린 거라고 말하자.

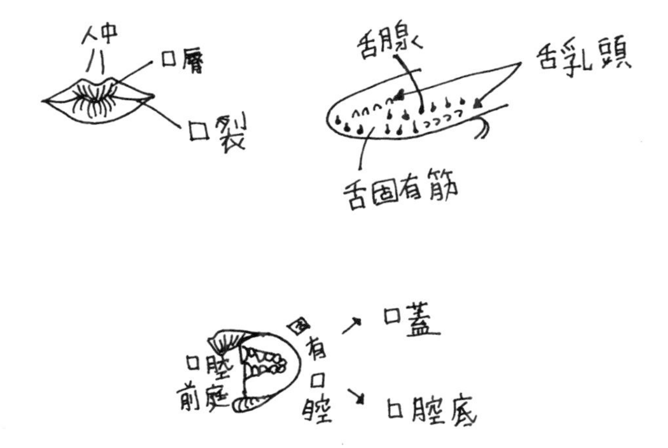

11 입술소리들

'ㅁ'이 혼자 머금은 소리라면, 'ㅂ'은 상대방에게 스며드는 소리다. 'ㅃ'이 깊이 들어간 소리라면, 'ㅍ'은 거기서 빠져나오는 소리다. 그러니까 이 소리들은 입맞춤의 전 과정을 음사音寫하고 있다.

12 날아간 것

하품하기 전에 그대의 입은 바람을 삼킨 풍선. 세상의 공기란 공기는 다 모아놓은 커다란 자루. 하품을 할 때 그대가 향한 방위方位에 따라 바람은 동서남북풍이 된다. 그대가 여러 사람과 주고받으면 바람은 무역풍이 되고, 한 사람에게로 쏠리면 편서풍이 된다. 그대가 그 사람에게 격렬하게 쏟아낼 때 그것이 제트기류다. 거기엔 침과 눈물과 그 밖의 다른 것들이 섞여 있다.

13 항아리 일가

뒤란 양지바른 곳에 뚱뚱한 식구들이 살았다. 짜고 맵고 들큼한 이들이 살았다. 먹고 삭이고 토해내는 아주 큰 입을 가진 식구들, 그러니까 입이 항문이었던, 얇은 질그릇으로 장벽腸壁과 몸통을 삼은 식구들, 작은 돌팔매질에도 고래고래 소리를 지르며 부서져나간 식구들.

14 누군가 뒤에서 잡아당긴 것처럼

머리를 뒤로 묶은 여중생이 까르르 웃으며 고개를 젖힌다. 마치 누군가 뒤에서 잡아당기는 것 같다. 햇살이 너무 환한 것이다. 아이는 격한 햇살을 견딜 수 없는 것이다. 익사 직전에 마지막 숨을 고르듯, 산소를 찾아 수면水面에 올라온 물고기처럼 내민 입을 벌리고, 아이도 무엇인가 견디고 있는 것이다.

15 무심한 봉투

개봉과 밀봉을 반복하는 봉투의 운동이 그대를 설명한다. 화혼華婚에서 부의賻儀로 넘어가는 삶을 요약해서만은 아니다. 봉투는 열렸다가 닫혔다가 결국 열린다. 그 반대가 아니다. 그대가 그 사람을 품었을 때 그대는 닫히고, 그 사람이 그대에게서 떠났을 때 그대는 열린다. 잠을 자거나 넋을 놓을 때, 그대의 텅 빈 표정은 그 사람을 받아들였을 때를 복기하거나 그 사람이 떠났을 때를 재연한다. 그대는 열린 봉투다.

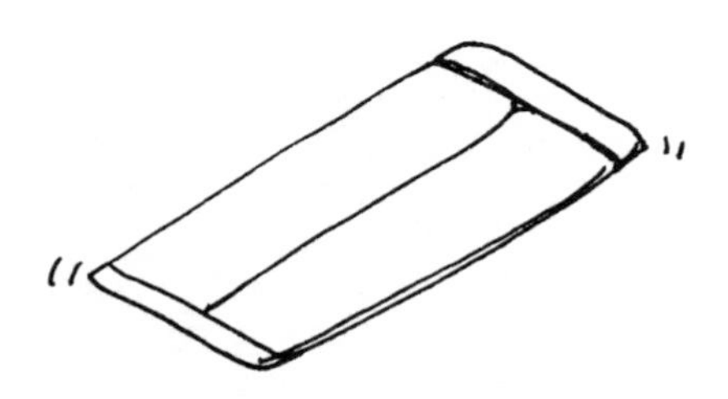

16 하수구에 고인 머리카락

물은 시계 방향으로 하수구를 빠져나간다. 내가 흘린 머리카락들을 움켜잡고 빙빙 돌리며 빠져나간다. 내 몸을 그예 삼켜버리는 거대한 입, 그게 시간이 아니라면 무엇이겠는가.

17 할머니

쿨럭이며 쇳물을 뱉어내던 낡은 펌프가 있었죠. 녹이 슨 주둥이가 쪼글쪼글했습니다. 한 바가지 물을 먹어야만 가르릉거리는 걸 멈추었죠. 거기에 담배 한 대 꽂아드리고 싶었습니다.

18 독순술

독순술讀脣術이란 일종의 키스 교본이다. 눈으로 더듬는 키스다.

19 실어증

사랑에 빠진 자의 말은 점점 실어증을 닮아간다. 그의 말은 "당신을 사랑한다"는 단문으로 점점 축소되어간다. 세상을 떠돌아다니는 어떤 말도, 그 말로 다 흘러들어간다. 그렇지 않은가? "당신을 사랑한다"는 고백에는 이후도 이전도 없다. 이전 말은 그 고백을 향해 가는 긴 정서적 논증의 과정이며, 이후 말은 그 고백을 추인하는 동어반복이다.

20 봄날의 에로스

나무들이 가지마다 혀를 내밀고 있어요. 비죽비죽, 한 여름의 무성한 울음을 준비하고 있어요.

21 두부처럼……

사람은 하루에 23,040번 숨을 쉰다고 한다. 들여보냈다가 내치는 공기의 덩어리가 그렇게나 많았다니. 그 덩어리를 두부처럼 잘라서 쌓아두면 12입방미터라고 한다. 내가 그렇게나 많은 덩어리를 덥히고 있었다니.

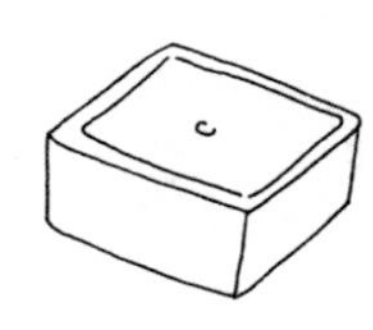

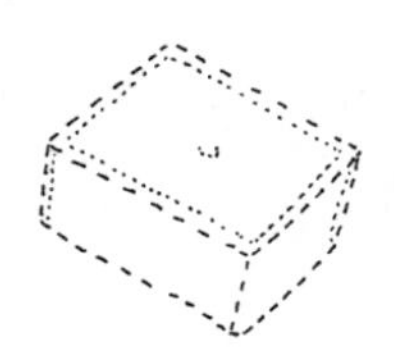

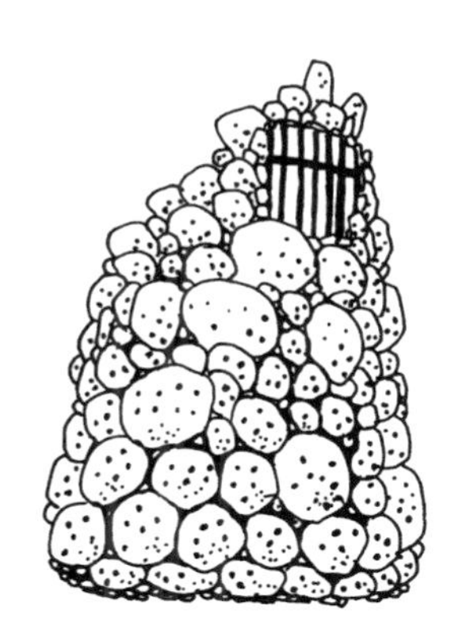

22 사랑의 감옥

밭 주변에 성글게 쌓아올린 돌담이 제주에는 많아요. 그건 사실 담장이 아니에요. 돌들은 엉성하고 가벼워서 바람이 돌 사이를 비집고 들어와 밭에서 놀죠. 왼쪽에서 오른쪽으로 혹은 오른쪽에서 왼쪽으로 매스게임 하듯 고개를 좌우로 돌리는 마늘종들, 쫑알거리는 소리도 일사불란입니다. 제 안에 들어온 평지풍파를 살살 달래는 담장은 얼굴도 살짝 얽었습니다. 밭을 가둔 것은 담장이 아니라 구멍이에요. 구멍에 갇혀 있는 마늘종들의 모습, 어디서 본 것 같지 않은가요? 당신은 그렇게 갇혀 있지 않았나요?

23 나는 당신을 사랑해요

"나는–당신을–사랑해요. 이 덩어리는 조그마한 통사론적인 변형에도 와해되어 버린다. 이 말은 일문일어의 문장이다. 이 말의 유일한 승화는, 그것에 이름을 붙여 확대하여 부르는 길밖에 없다."(바르트) 그러니까 '사랑한다'는 고백 속에는 처음부터 나와 대상이 전제되어 있다는 말이다. 사랑은 주체에게서 솟아나와 대상에게로 가는 명료한 흐름이다. 그것은 명사가 아니라 동사이다. '사랑'은 없다. 다만 '내가–너를–사랑하다'만 있다.

24 고백

고백은 내밀한 것이 아니며누구나 고백을 한다, 개인적인 것이 아니며우리는 이미 여러 차례 고백을 주고받았다, 특수한 것이 아니다모든 고백은 동일한 문형을 갖는다. 고백은 보편적인 것이다. 그게 슬프다아마 슬픔도 그럴 것이다.

25 은유법으로 울다 A

혀로 갈아낸 저 밭의 길고 긴 이랑과 고랑. 시퍼렇고 싱싱한 울음을 잘도 가꿔놓았구나.

26 은유법으로 울다 B

그이는 엄청나게 코를 골았어요. 입에서 트랙터가 돌아다녔죠. 제 안을 고르고 뒤집고 다시 고르느라 자면서도 그이는 잠들지 못했던 겁니다.

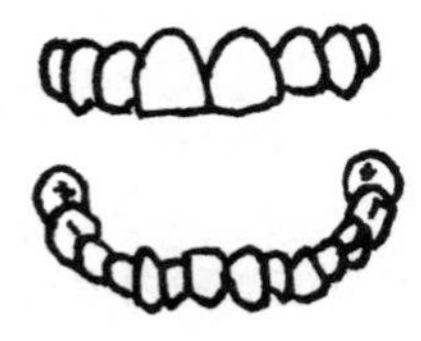

27 혼자 먹는 밥

혼자서 늦은 점심을 먹으면 꼭 과식하게 된다. 아무 생각 없이 앉아서, 천천히, 오래도록, 음식을 씹게 된다. 이빨과 아래턱의 저작운동咀嚼運動만으로 보장되는 삶이라니, 끔찍하다.

28 비밀

비밀은 알려져야 비밀이다. 무덤 속까지 가져가는 비밀이란 이미 비밀이 아니다. 누군가 당신에게 "이건 비밀인데……"라고 말하는 것은, "사실, 이건 아주 중요한 말인데……"라는 뜻의 강조어법이다. 이건 아주 중요한 말이어서, 당신에게만 알려주는 거다.

29 로미오와 줄리엣

데리다는 로미오와 줄리엣 이야기에서 수수께끼를 발견했다. 그에 따르면, ① 둘은 서로가 더 오래 살면서 서로가 죽어 있는 것을 본다. ② 그들의 이름은 그들 자신에 대한 어떤 것도 가지고 있지 않으면서도 그들을 대체한다. ③ 둘은 그들을 분리시킨 것으로 결합되어 있다. 생사와 이름과 이합離合이 이야기의 마지막 장면에서 하나로 녹아든다. 그것들은 모두, '사랑'의 마지막 발음—그 둥근 자음 안에서 만난다.

30 권태에 관하여

“다만 어느 날, 왜라는 의문이 고개를 든다. 모든 것이 놀라움의 빛깔을 띤 권태 속에서 시작된다.”(카뮈) 권태란 놀라운 것이다. 어느 날 당신이 입을 벌리고 두 손을 들고 눈물을 흘리고 알아듣지 못할 소리를 중얼댄다. “길게 하품하는 입은 더 깊고 울창했다.”(이성복) 이미지에서 탈출하여, 초상 바깥으로 걸어나오는 당신.

31 말을 않거나, 계속 말하거나……

묵음默音과 연음連音 사이, 그것이 삶과 사랑의 사이다.

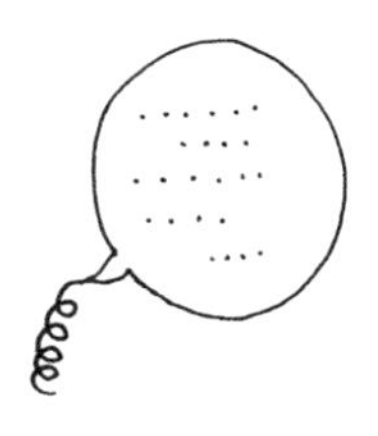

32 침묵에 관하여

끊임없이 떠드는 사람이 있다. 무엇이든 이슈화하고, 무슨 대화에든지 끼어들려 하며, 토론의 주제를 자기화하는 사람. 그런 이는 불행하다. 끊임없이 중얼거림으로써 자기 실존을 보장받는 사람은 이야기 사이에 놓인 여백과 부재를 참을 수 없을 것이다. 실은 그 침묵은 동의와 동감의 자리이며, 말의 발생기發生器인데 그가 그것을 알 턱이 없는 것이다. 전화 통화를 할 때 말과 말 사이의 침묵이 불편하다면, 당신도 예외는 아니다.

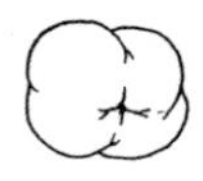

33 몽니를 부리다

이빨의 배열에 관해선 누구나 잘 알 것이다. 앞니는 미백효과를 드러내기 위해 쓰인다. 누군가 고춧가루를 뿌리거나 시금치를 심지만 않는다면, 앞니는 그녀에게 이르는 잘 포장된 도로다. 앞니 가운데 앙칼진 마음을 보여주는 건 물론 송곳니다. 그녀의 목덜미에 박아넣고 싶은 이 말이다. 그다음이 작은어금니와 큰어금니다. 맷돌처럼 한 짝을 이뤄 음식을 갈아대는 이인데, 그녀와 포개져 무엇인가를 생산하고 싶을 때 어금니를 쓸 것이다. 뒤에 있는 세번째 어금니가 사랑니다. 철이 든 다음에 뒤늦게 나는 이다. 음식 대신에 잇몸을 씹어대고 뒤에 숨어 썩기도 잘 하는 이다. 그래서 이름이 사랑니다. 정당하지 못한 대우를 받는다 싶으면 사랑니는 심술을 부린다. 그래서 사랑니의 다른 이름은 몽니다.

34 양변기

저 큰 입을 죽음이라 불러야 하나? 내 몸의 소화관을 지나쳐 길게 이어진 또다른 입을? 모든 것을 삼키는 저 막무가내를 죽음의 식탐이라 이르면 되나? 먹어도 먹어도 배가 고픈 저 밑 빠진 입을?

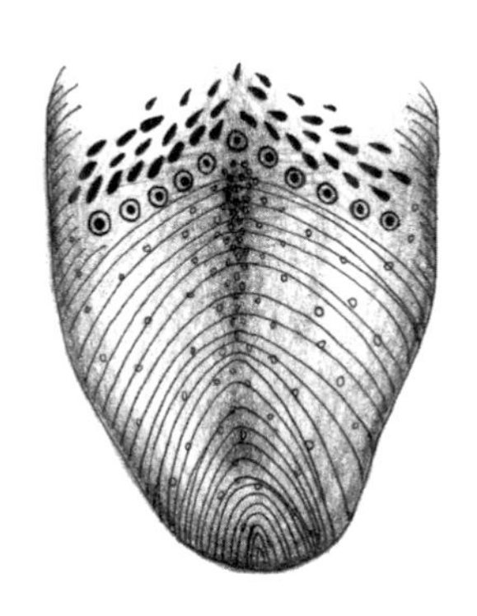

35 사랑하는 게 사랑보다 먼저인 나라

브르타뉴어나 웨일스어 같은 켈트어, 마오리어나 하와이어 같은 폴리네시아 언어에서는 동사가 문장의 처음에 온다. "사랑해—나는—너를"과 같은 방식이다. 나보다, 너보다, 중요한 게 있었다는 말이다. 아, 그들에겐 사랑하는 게 사랑보다, 사는 게 삶보다 먼저였을 것이다.

36 허무주의자

내 고백에도 그는 무덤덤했습니다. 나는 그게 서운했지요. 무無를 덤으로, 그것도 두 번씩이나 내게 주었으니까요.

37 “흡연은 폐암 등 각종 질병의 원인이 되며……”

담배 피우는 사람만큼 정치적인 사람도 없다. 입 주변에, 그의 입을 바라고, 수없이 운집雲集한 것들이 있지 않은가 말이다.

듣다

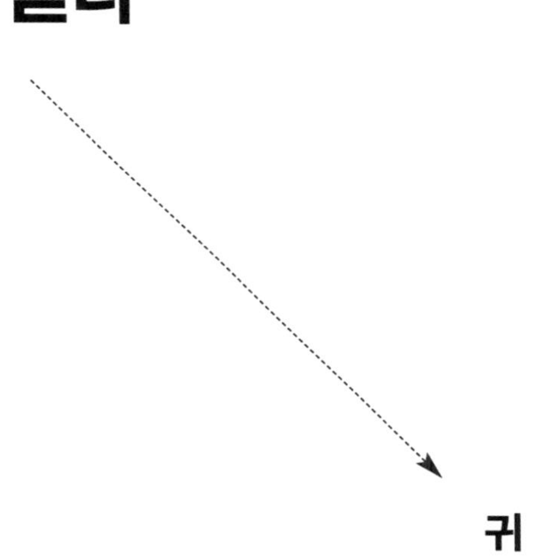

귀

: 청각과 평형각平衡覺을 관장하는 감각기관. 외이, 중이, 내이의 세 부분으로 이루어져 있다. 외이外耳는 귓바퀴耳介와 외이도外耳道로 구성되는데, 우리가 보는 귀는 귓바퀴 부분이다. 귓바퀴는 연골로 이루어져 있으나 귓불耳垂에는 연골이 없고, 땀샘과 지선脂腺, 귓털이 있다. 외이도 바깥은 연골로, 안쪽은 뼈로 이루어져 있다. 중이中耳는 외이도 안 깊숙한 곳에 위치하며, 고막의 안쪽에 고실鼓室이라 불리는 작은 방으로 이루어져 있다. 고실에는 언제나 공기가 차 있어서 진동을 내이로 전달한다. 안에는 세 개의 청소골聽小骨인 망치뼈, 모루뼈, 등골뼈가 있다. 내이內耳는 복잡한 미로형으로 그 안에 전정기관, 반고리관, 달팽이관이 있다. 달팽이관은 청각, 전정기관은 위치감각, 반고리관은 운동감각을 관장한다.

1 내가 사랑하는 두 꼬마

귓구멍 입구에 볼록 솟아 있는 조그만 살점을 이주耳珠라 부른다. 귓바퀴에서 반사된 소리들을 고막으로 보내는 역할이다. 이 작은 꼬마가 거대한 소리의 반향을 모으는 소용돌이의 중심이라니. 방금 그 꼬마를 쓰다듬어 주었다.

2 식목植木의 밤

그가 내 귀에 한 바가지 물을 들이부었을 때, 온몸에서 돋아나는 게 있었습니다. 가시와 소름과 터럭이 그를 향해 마구 자랐습니다. 온몸의 혈관과 물관과 체관이 다 열렸습니다. 덤불과 엉겅퀴와 잡목이 뻗쳐올라서, 나를 얽어매서, 급기야 내가 보이지 않았습니다. 그 밤, 나는 어디에 있었던 걸까요?

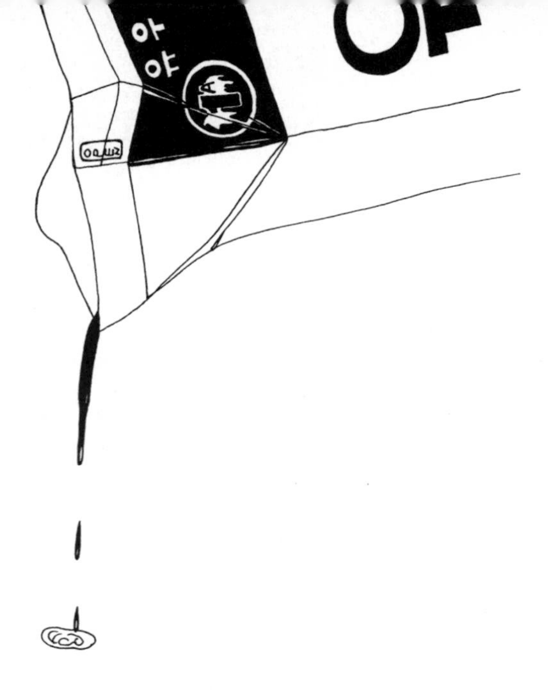

3 고래밥

내 귓속을 보고 그녀가 말했어요. “우유를 붓고 싶네. 아주 커요.” 내게는 그 목소리가 고래였지요. 뽀얀 내 머릿속을 자유롭게 헤엄쳐다녔답니다.

4 호접몽

비틀거리는 커다란 귀가 바로 나비라는 생각. 대지의 이곳저곳을 엿듣고 다닌다는 생각. 취생醉生이거나 몽사夢死의 한때. 봄날. 어떤 속삭임.

5 어두운 동굴에 관한 기억

내 안에서 쏟아지던 천둥, 사실은 작은 먼지 조각이었구나.

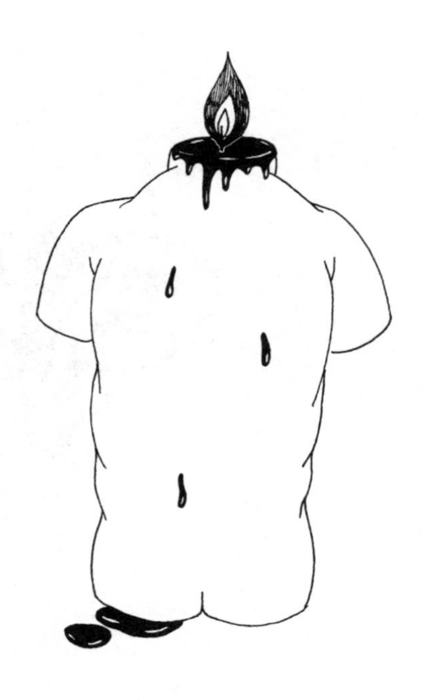

6 하늘의 귀

스카이라이프Sky Life 접시들이 8열 횡대로 한양 아파트 6동 남면을 차지하고 있다. 하늘 음식을 받아먹으려는 제기祭器들이다. 하늘에도 홍동백서紅東白西가 있고 두동미서頭東尾西가 있는가. 아파트는 지금 거대한 제사상이다.

7 "집에 오는 길은……"(패닉)

나도 당신도 두 마리씩의 달팽이를 키우고 있다는 건 아시지요? 달팽이가 이삿짐센터 직원처럼 제집을 이고서 지금껏 당신을 따라왔다는 사실은요? 당신이 집에 올 때까지, 와서 자리에 누울 때까지 열심히 당신 뒤를 좇아서 기어왔다는 소식을 들으셨지요? 그래서 당신의 모든 자취가 그토록 반짝이고 축축하고 환한 거랍니다.

8 지음知音

"가을바람에 괴로이 읊나니/ 세상에 나를 아는 이 적구나. 秋風惟苦吟/世路少知音"(최치원) 당연한 일이다. 이렇게 방안에서 글이나 쓰고 앉아 있을 뿐인데, 누가 나를, 어찌 알겠는가.

9 처마 아래 떨어지는 빗소리

'첨우랑랑檐雨浪浪'(길재) 그리운 물비린내. 그대와 함께 가난한 집 방안에 앉아 창호지 문틈으로, 떨어지는 물소리를 듣고 싶다.

10 고약한 사람들

내가 없을 때 나를 헐뜯는 이가 있었다. 거참, 고약한 사람이다. 중얼거리다가 내가 바로 그 고약한 사람임을 깨달았다.

11 옥탑방 고양이

그녀는 옥탑방처럼 귀를 쫑긋 세웠습니다. 허술한 바람벽은 무슨 소리든 받아들였습니다. 그게 풍문風聞이었지요. 동쪽의 바람은 햇빛과 함께 왔고, 서쪽의 바람은 어둠을 데려왔습니다. 남쪽은 더위, 북쪽은 겨울이었지요. 그녀는 옥탑방처럼 조변석개朝變夕改했고, 옥탑방처럼 기쁘다가 금세 슬퍼졌습니다. 제 마음을 책상 하나, 옷장 하나를 허락한 크기에 견주어야 했던 시절의 얘기입니다.

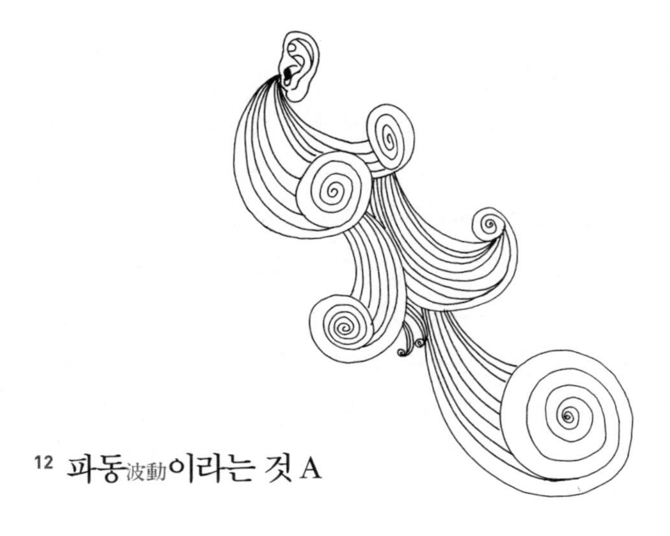

12 파동波動이라는 것 A

소리는 물론 공기의 흔들림이다. 그것이 귀로 들어오면 망치뼈, 모루뼈, 등자뼈를 통과한다. 이 뼈들이 내이內耳의 막을 눌러 그 안에 든 액체에 압력을 가하고, 그 물의 출렁임이 달팽이관 안에 든 유모세포라 부르는 미세한 털에 전달된다. 이 털이 신경세포를 자극해서 뇌에 신호를 전달하는 것이다. 그러니까 소리 역시 출렁임의 결과다. 공기의 파동과 액체의 파동이 동조하는 것, 바깥의 바람과 내 안의 물길이 함께 흔들리는 것, 그래서 모든 소리는 일종의 고백이다.

13 파동波動이라는 것 B

저 물결은 기연미연했군요. 그 너울은 내게로 다가오는 것이었습니까? 내게서 멀어져가는 것이었습니까?

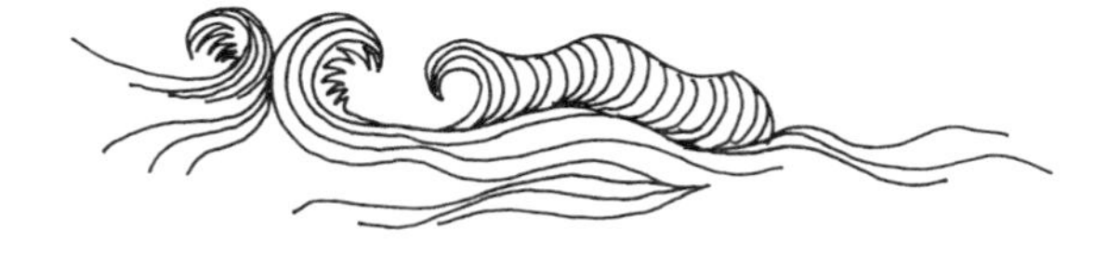

14 사람은 얼마만큼 떨어야 하는가?

사람은 초당 16헤르츠에서 2만 헤르츠의 주파수를 들을 수 있다. 이 정도면 10옥타브에 해당한다. 1초에 한 번 전기적인 진동이 일어나는 게 1헤르츠다. 사람이 16헤르츠 이하의 저주파를 들을 수 있다면 자기 몸에서 나는 소리만으로도 자연이 내는 모든 소리를 감당했을 테니, 무시무시한 소음을 견딜 수가 없었을 것이다. 고주파는 말할 것도 없다. 그의 목소리에 대한 당신의 반응도 그렇다. 너무 적게 떨거나 너무 심하게 떠는 것에는 주의를 기울이지 말아야 한다. 그건 그냥 발을 터는 행동이거나 전기에 감전된 행동 같은 것이므로, 그건 결단코 당신을 향한 것이 아니므로.

15 이명耳鳴

바깥의 중심을 외심外心이라고 한다. 원호圓弧의 중심 같은 것이다. 내게 속삭이는 목소리 가운데에도 내가 받아주지 않은 어떤 외부가 있다. 나의 내부를 틀 짓고 배열하는 어떤 외부가 있다. 이를테면 귀울음 같은 것.

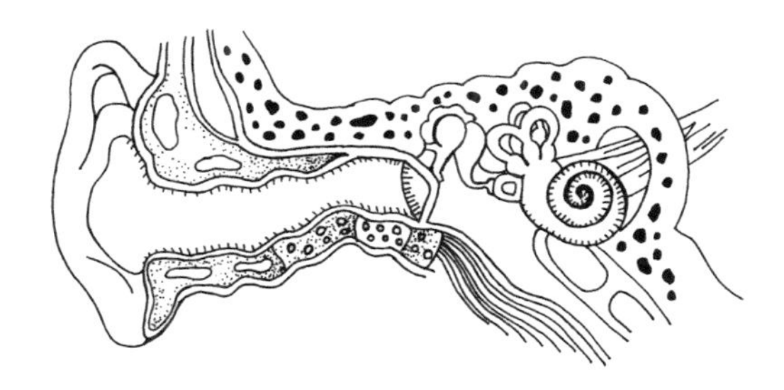

16 귀가 하수구도 아닌데……

또 그 어른이다. 한 번 전화에 세 시간, 다음번 전화에 두 시간 반을 떠들고도, 현대사現代史로 치자면 개화기가 겨우 끝났을 뿐이다. 귀가 하수구도 아닌데 다 삼킬 것이라 믿은 모양이다. 천 미터를 뛰고 들어와 주전자를 본 아이처럼, 귀가 지나온 길을 다 빨아들일 것이라 믿은 모양이다. 일제 암흑기 36년을 생각하면 캄캄하다. 역류하는 하수구처럼 죄다 토해내고 싶다. 텅 빈 내 귓속에 빛 한줄기 받고 싶지만, 광복은 장마철이 끝나야 온다.

17 “그날이 오면”(심훈)

한밤이 되자, 윗집에 새로 이사 온 젊은 부부, 다시 쿵쾅거리기 시작이다. 대거리 사이로 핏대와 삿대가 왕왕 묻어나온다. 아, 조마조마하다. 저 집, 끝내 조용해지면, 마침내 갈라선 거다.

생각하다

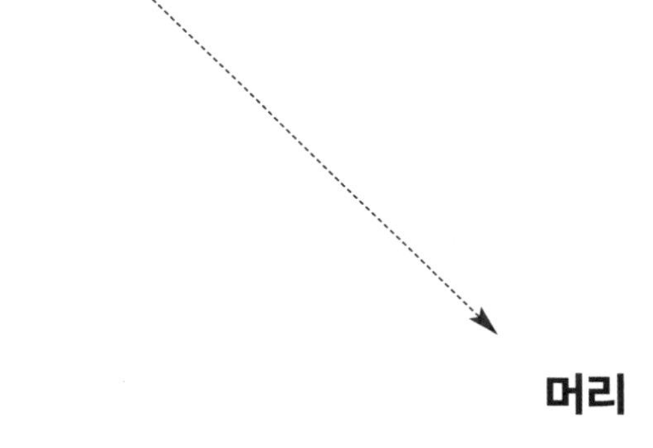

머리

: 동물의 뇌가 들어 있는 부분. 위치에 따라 두정부꼭대기 부분, 전두부앞부분, 후두부뒷부분, 측두부 옆 부분, 유돌부 귀 뒷부분, 이개부 귀가 있는 부분 등으로 이루어져 있다. 뇌를 감싸는 뼈를 두개골頭蓋骨이라 부른다. 안쪽에는 복잡한 정신작용을 담당하는 대뇌, 몸의 평형을 유지시켜주는 소뇌, 좌우의 대뇌반구 사이에 낀 뇌간腦幹의 일부로 의식과 운동에 관여하는 중뇌, 뇌와 척수를 이으며 호흡, 순환, 순환 조절, 자율신경반사, 연하, 발음, 발한, 소화운동에 관여하는 연수, 중뇌와 연수를 잇는 교橋 등이 있다. 두개골을 두피가 감싸고 있으며, 그 겉에는 대개 머리털이 나 있다.

[1] 한 숟가락

뒷머리를 한입 베어먹힌 이들이 새벽의 터미널을 빠져나오고 있다. 누군가 그대의 생각을, 조금 아주 조금 덜어간 것이다.

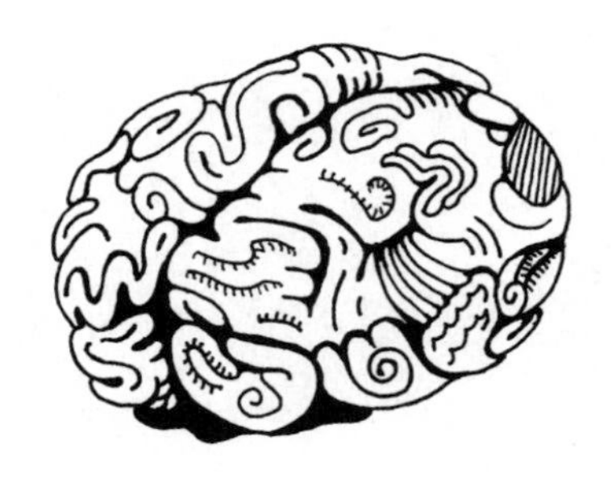

2 두 숟가락

아까시나무 아래를 걷던 여자가 갑자기 머리를 좌우로 흔든다. 어서 이 사람을 털어냈으면, 하는 것이다.

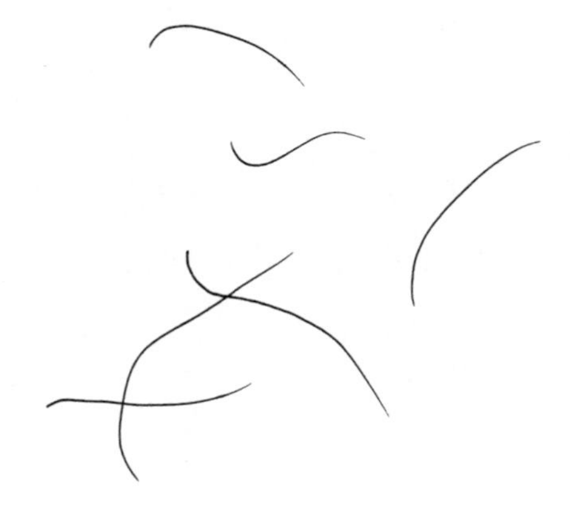

3 결승문자結繩文字들

바닥에 떨어진 머리카락 한 올, 한 올에도 방향이 있다. 여기에 나 아니면 네가 누워 있었을 것이다.

4 표백表白

마사이족 사람들은 머리를 손질할 때 소똥을 바른다. 로마인들도 비둘기 똥으로 머리를 표백했다. 삶이 너무 상스러워 견딜 수 없을 때, 그 견딜 수 없음의 미백효과를 즐길 수 있다면, 그럴 수만 있다면.

5 체머리

애인의 말이면 무조건 옳다고 끄덕이는 사람이 있고, 무조건 싫다고 도리질하는 사람이 있다. 이런 식이다: "시험이 내일인데 공부하기 싫어." "아싸, 놀자." "아냐, 그래도 해야 돼." "좋아, 같이 공부하자." "근데 너무 피곤해." "그럼 자자." "공부해야 한다니깐. 넌 나에 대한 생각이 없구나!" "응, 맞아." 혹은 "점심 먹자." "배 안 고파." "그럼 커피 마실까?" "싫어. 스파게티가 좋아." "그럼 스파게티 먹자. 난 피자." "스파게티 먹자니까. 오징어 먹물 스파게티도 먹고 싶고, 볼로냐 스파게티도 먹고 싶단 말야." "배 안 고프다며?" "넌 날 존중하기는 하는 거니?" 문제는 대개 이렇게 끄덕이는 사람과 도리질하는 사람이 잘 만난다는 사실이다. 머리를 위아래로 흔드는 사람과 좌우로 흔드는 사람의 대화는 이렇게 헤드뱅잉이다.

6 노년기 지형

수다 떨다가 내려야 할 기차역을 놓친 아이들을 향해 한 선생이 농을 했다. "이런, 뇌에 주름이 없는 것들." 아이도 선생도 깔깔 웃었지만, 사실이 그렇다. 밋밋한 비탈에는 기차역만이 아니라 기억도 머물지를 않는다. 뇌는 강원도 산간 마을처럼 노년기 지형이다. 그래서 폭우 같은 어떤 기억 앞에서는 사태가 나는 것이다. 한번에 무너지는 것이다.

7 까치집에 관한 생각

미루나무 위에 골똘한 생각처럼 까치집이 맺혀 있다. 부스스한 머리를 다듬지도 않은 채 아침부터 생각에 잠긴 사람처럼 까치집이 얹혀 있다. 다른 나무들이 고의로 부러뜨렸거나 일부러 떨어뜨린 가지들이 모여 까치집을 이루고 있다. 사람이 버린 것, 이를테면 손톱과 발톱, 귀지와 살비듬, 머리 터럭과 피지와 몇 방울의 눈물을 옛 생각과 버무린 것처럼 까치집이 놓여 있다. 처음부터 머리 둔 곳이 거기라는 듯이.

8 이름에 관하여 A

“내가 너를 볼 때 나는 다만 너를 볼 뿐이다. 그러나 내가 너에게 이름 붙일 때 나는 내가 보는 것 너머에 존재하는 네 안의 심연을 가리킬 수 있다.”(지젝) 너의 모든 것이 산산이 분해되어, 네 이름 주변으로 모인다. 40킬로그램의 물과 206개의 뼈와 살과 근육과 땀과 피와 너의 영혼과 심성이 나뉘고 모여 네 이름 안에 담긴다. 대개 세 음절에 불과한 그 작은 그릇 안에.

9 이름에 관하여 B

몽골에서 만주, 한반도에 사는 여러 민족을 가리키는 명칭들은 모두 욕설이었다. '예맥濊貊'은 '더러운 짐승', '선비鮮卑'는 '동물 무늬가 있는 허리띠', '흉노匈奴'는 '떠들썩한 노예', '물길勿吉'은 '기분 나쁜 놈', '말갈靺鞨'은 '버선과 가죽신을 신은 놈', '몽고蒙古'는 '무지하고 촌스런 놈', '읍루挹婁'는 '물질하는 놈'이란 뜻이다. 한족漢族 사가史家들이 이민족을 깔보고 낮추어 부르는 이름이었던 것이다. 그를 알고 싶다면, 제발 그에게 올바른 이름을 주어야 한다.

10 이름에 관하여 C

나도향은 자기 본명, 경손慶孫이라는 이름을 아주 싫어했다. 경사스러운 손자라는 뜻의 이 이름은 그 집안이 뿜어내는 신분상승의 욕망을 고스란히 반영하고 있다. 나도향의 삶은, 의사가 되라고 집에서 유학 보낸 목적을 가능한 한 멀리 떠나서 배반하는 삶이었다. 자기 이름에서 가능한 한 멀어지고자 하는 삶, 어떤 이의 인생은 그처럼 이름에 대한 일탈의 과정이기도 하다.

11 명함에 관하여

누가 건넸는지 기억나지 않는다. 이 명함은 잔존사념이다. 잔존사념은 사이코메트리psychometry의 용어, 한 사물에 묻어 있는 주인의 관념—네모반듯한 기억이 그의 일생을 명료하게 요약했으나 정작 나는 요점을 모른다. 명함들은 삼인칭의 백성이다. 촘촘한 그나 그녀 들에 관해서는 그 이름들에게 물어볼 수 있을 뿐이다. 다만 구석에 찍힌 지문처럼 규정할 수 없는 것만이 보존되어 있다. 그나 그녀가 거기에 없다는 것, 명함은 그걸 정돈한다. 지금은 없는 이들이 그렇게 내게 왔다. 나 또한 여러 번 건네졌으리라. 그를 만난 작년의 나와 그녀를 만난 재작년의 내가 그 좁은 방안에 같이 산다.

???

12 일방통행로

편두통은 주로 머릿속 혈관의 수축 때문에 생긴다. 심하면 섬광암점閃光暗點이라 하여, 시야의 중심에서부터 번쩍이는 빛이 퍼져나간다. 사춘기 때에, 나도 이 암점으로 고생깨나 했다. 너무 환해서 제대로 보지도 못하는 여자들이 거리에 너무 많았던 탓일까? 아니, 나만 보았을 뿐, 여자들이 나를 거들떠보지 않았던 탓이다. 가고는 끝내 오지 않았던 시선 탓이다.

13 달하 노피곰 도다샤……

나는 감옥이었네. 둥근 사랑 속에 백지처럼 얇은 한 여자를 가두었네. 그 여자 몸 둘 바를 모르고 내 마음 속을 떠돌다 지쳐 세상을 떠돌러 갔네. 그 여자, 너무 편편한데…… 구겨질 텐데…… 지금 내가 환한 것은 촘촘히 세상을 가두기 위한 것. 모든 길을 에돌아가지는 않으려는 것. 마침내 나도 그 여자도 저물겠지만. 끝내 그믐이겠지만.

14 돼지꼬리

변발髮을 영어로 돼지꼬리pigtail라 부른다. M자형 대머리에게는 맞춤형 스타일이다. 돼지가 그렇게 안 하듯, 이런 스타일이라면 아무 여자에게나 꼬리치지는 않을 것이다. 여자들이 그의 앞머리에서 풍만한 엉덩이를 볼 테니까. 앞과 뒤, 어느 쪽이 꼬리 부분인지 알 수가 없을 테니까.

15 꿈은 꿈이다

"가장 아름다운 꿈에는, 오점처럼, 현실과 꿈에 차이가 난다는 느낌, 즉 그 꿈이 허락한 것은 단순히 가상에 불과하다는 의식이 끼어든다. 그 때문에 가장 아름다운 꿈은 상처받은 꿈이다."(아도르노) 아, 난 상처받고 싶지 않았을 뿐이다. 아름다움은 꿈도 꾸지 않았다.

16 저 수많은 돼지머리들

상 위의 돼지머리는 왜 웃을까? 몸뚱이가 이미 대지와 하나되어 흔적도 없어졌으니, 허虛로써 몸을 삼고 공空으로 배를 채웠다. 바람은 대지의 숨결이며 대지의 웃음이다. 대지가 돼지를 통풍구 삼아 낄낄거리며 웃는 것이다.

17 뿔이 나다

동부간선도로 진입로에서 추돌한 두 사람이 싸우고 있었다. 화가 머리끝까지 돋아난, 잔뜩 뿔이 난 두 사람이 서로를 밀어내려 애쓰고 있었다. 각축角逐을 벌이고 있었다.

18 전설의 고향 A

긴 생머리를 늘어뜨린 채 고개를 숙인 젊은 귀신들, 지하철 경로석에는 꼭 있다.

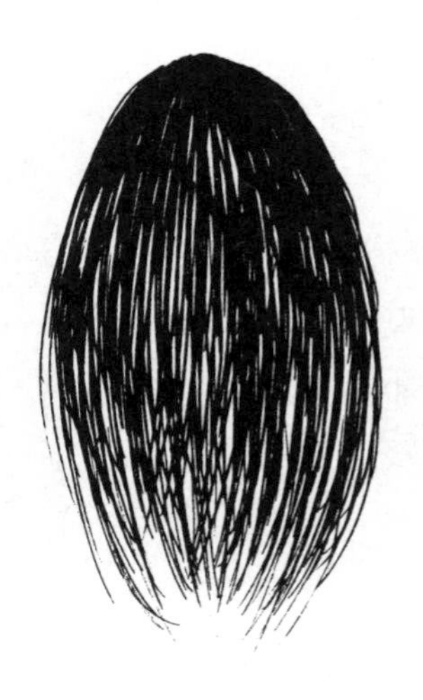

19 전설의 고향 B

엄동에, 깊은 산골에, 길을 잃고 헤매는데, 먼 데서 비치는 희미한 불빛을 따라가서, 이리 오너라 부르니, 소복 입은 여자가, 그러니까 혼자된 과부가 문을 열어주었다고요? 거기가 어디예요?

20 좀비의 식사

호두가 머리에 좋다는 생각은 그것이 뇌와 닮아서 나온 생각이다. 근데 어떻게 알았을까? 호두는 깨보면 되지만, 머릿속은 도대체 어떻게 보았을까? 안 보고도 아는 걸까? 그래서 그렇게 머리가 좋은 걸까? 좀비는 산 사람에게 달려들어 뇌를 파먹는다. 영어 사전을 외운 다음 한 장씩 찢어먹던 이웃집 형은 사전을 다시 사야 했다.

21 배고픈 사랑

이를테면, “그이의 비듬은 떨어진 빵가루 같아요.” 라고 말하는 사람. 그 사람 얼굴이 곰보빵이라도 된다는 듯이.

22 60촉이거나 30촉이거나

너무 이르거나 제때거나 우리 가장들은 대머리가 되어간다. "이젠 내가 이 집안의 빛"이라는 주장이다.

23 황화식물의 꿈

나 학창 시절에는 한 반 인원이 60명이었다. 콩나물시루라는 말이 일상어였다. 아, 사실 그때, 우리는 물만 먹어도 쑥쑥 잘 자랐었지. 누군가, 머리 위의 없는 상투를 잡고 들어올리는 것 같았지. 상투를 틀 때까지, 어서어서 자랄 거야, 라고 결심했었지.

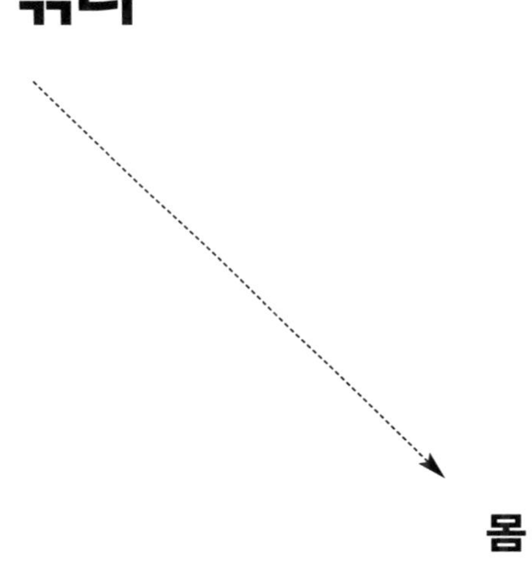
겪다
몸

몸

: 가슴, 배, 등으로 이루어진 몸의 중심부분. 척추가 몸통을 지탱하고 갈비뼈가 가슴과 배의 주요 내장기관들을 보호한다. 내장기관은 소화기, 호흡기, 요생식기尿生殖器의 세 가지 계통으로 분류된다. 혹은 위와 대장, 방광, 요도, 정관, 자궁과 같은 관管이나 주머니 모양의 내장과 간, 신장, 정소, 난소, 갑상선, 부신과 같은 특유의 세포들로 이루어진 실질성 장기로 구분하기도 한다. 머리와 팔, 다리, 생식기가 여기서 나 있다.

한양 슈퍼

1 거푸집 A

한양슈퍼 통유리가 만든 2×4.8미터 와이드스크린, 왼편에서 오른편으로 아주머니 한 분 건너간다. 둥근 어깨와 처진 허리 안에 처녀 적 몸을 숨기고 지나간다. 아름다운 한때를 거푸집에 넣어두고 간다. 저 스크린은 시간의 시네마스코프였나? 내가 보는 것은 풀무원 두부와 까만 콩 한 되를 옆구리에 낀 초식성의 한때, 된장국과 콩자반이 올라온 저녁의 만찬을 위해 기어오는 갓난아이가 제 몸만한 가방을 멘 여중생으로, 다시 하이힐을 또각거리는 아가씨로, 또다시 그걸 받아 숨긴 저 아줌마로 진화한 것이다. 조만간 그녀는 거푸집마저 굽은 허리와 주름 속에 우겨넣고 스크린 밖으로 걸어나갈 테지만, 그전에 두부는 풀어지고 콩은 프라이팬 위에서 옥시글옥시글 튀어오를 것이다.

[2] 거푸집 B

"나를 네게 다 부어버리고 싶은 거야." 내가 열에 들떠 고백했을 때, 그녀는 내 머리를 두드리며 말했지요. "이 울리는 소리 좀 들어봐. 이미 텅 비었군 그래."

3 거푸집 C

외투 속에 희고 가느다란 몸만을 넣어두고 사는 사람, 여학교 앞에는 꼭 있다.

4 복고적인 소풍

왕릉에 가면 슬퍼진다. 왕릉에 가면 복고적이 된다. 김밥을 먹거나 콜라를 마시며 숨은그림찾기나 수건돌리기를 하던 시절은 슬프다. 왕릉은 그렇게, 떠나간 사람의 굴곡을 흉내낸다.

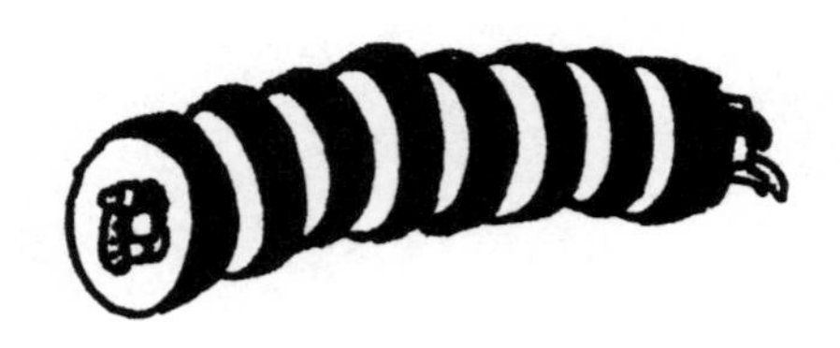

5 우두커니

'우두커니'란 부사는 본래, 한옥 지붕 위에 일렬종대로 선 채 하늘을 보는 짐승들을 일컫는 말이다. 그들은 일심으로 높은 곳을 사모하는데, 왜 그들의 모습에 '넋이 나간 듯, 빈둥거리며'와 같은 어감을 추가했을까.

6 어처구니

'어처구니'는 생각보다 엄청나게 큰 사람이나 물건을 가리키는 말이다. '어처구니없다'는 말은, 일이 너무 엄청나거나 뜻밖이어서 기가 막힌다는 뜻이다. 그대에게, 어처구니 있는 일이 많았으면 좋겠다.

7 어이

'어이'도 어처구니와 같은 말이다. 맷돌의 손잡이도 어이라 부른다고 한다. 허, 어이없다, 이 불어터진 콩을 다 어쩌란 말이냐?

8 막다른 길

세상 모든 골목 끝에는 "여인숙, 욕실 완비"라 쓰인 입간판이 있다. 그곳에 누추한 육신을 누이고 싶은 마음, 눈물겹다.

9 "어떤 조롱도 무거운 마음 일으키지 못했네" (기형도)

그대는 때로 나를 병신病身이라 욕한다. 나는 그것이 고맙다. 내 병들고 지친 마음을 알아주는 이.

10 포개진 몸 A

어떤 오누이가 서로를 너무나 사랑한 나머지 부부의 연을 맺었다. 천제天帝 전욱顓頊이 분노해서 이들을 공동산空洞山 깊은 곳에 유배 보냈다. 추위와 굶주림에 지친 오누이는 산속에서 서로 끌어안고 죽었다. 신조神鳥 한 마리가 이들에게 불사의 풀을 물어다주었다. 7년 만에 이들이 부활했는데, 몸이 한데 붙어서 두 개의 머리에 네 개의 팔이 달렸다. 이들의 후손이 몽쌍씨蒙雙氏다. 부럽다, 제 몸에 사랑하는 이들을 넣어두고 사는 이들이여.

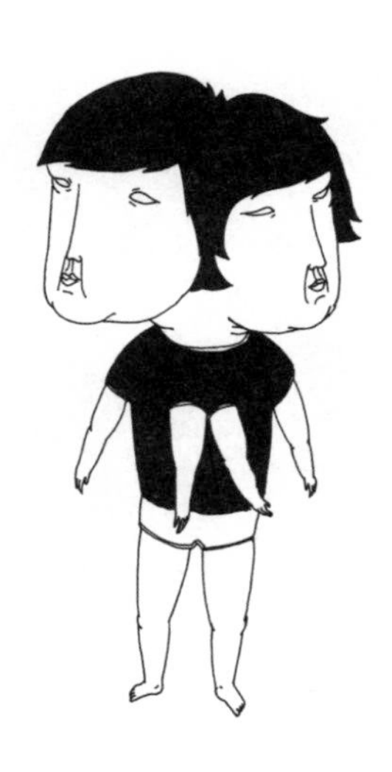

11 포개진 몸 B

한 요정이 헤르마프로디토스란 젊은이를 너무나 사랑했다. 구애를 거절당한 요정은 그가 목욕을 하는 동안 몰래 그에게 다가가서 힘껏 껴안고는, 신들에게 둘이 떨어지지 않게 해달라고 기원했다. 소원이 이루어져서, 헤르마프로디토스는 한몸에 남자와 여자의 특성을 모두 갖춘 어지자지가 되었다. 그/그녀 역시 결합한 남녀, 한몸인 몽쌍씨다.

12 떨어진 몸 A

『산해경山海經』에는 일비민一臂民이란 족속이 나온다. 팔이 하나란 뜻이지만, 사실은 온몸이 다 반쪽인 사람들이다. 위앤커袁珂의 『산해경교주山海經校注』에 실린 일비민 삽화에는 팔과 다리가 하나에 머리와 몸통이 반쪽인 사람이 서로 마주보고 있다. 몽쌍씨가 두 사람이 합쳐진 한 사람이라면, 일비민은 한 사람이 나뉜 두 사람이다.

13 떨어진 몸 B

플라톤은 먼 옛날에, 인간이 둥근 몸에 얼굴이 둘, 손이 넷, 발이 넷이었다고 말한다. 여덟 개의 손발을 써서 움직였기 때문에 이들은 걸음도 빨랐고 힘도 장사였다. 이들의 힘을 두려워한 제우스가 이들의 몸을 두 쪽으로 갈라놓았다. 이후에 인간은 잃어버린 반쪽을 그리워하여 늘 합치려고 들었다. 길거리를 돌아다니는 독신獨身들이 바로 두 몸인 일비민이다.

14 부처님의 서른두 가지 길상

부처님에게는 32길상三十二吉相이 있다. 여러 번 생을 거듭하는 동안에 쌓은 선한 원인이 선한 결과로 나타난 것이다. 몇 가지 놀라운 특징을 옮겨 적는다: 발바닥이 땅에 착 붙어, 발과 땅 사이에 틈이 없다足下安平立相: 요샛말로 평족이라 한다, 이런 발을 가진 사람은 군대 가기 어렵다; 손가락, 발가락 사이에 얇은 막이 있다手足指縵網相: 지느러미 같은 것이다, 수영하기에 좋을 것이다; 몸을 바로 세워 서면 손이 무릎에 닿는다 혹은 키와 팔의 길이가 같다正立手摩膝相, 身廣長等相: 삼국지에 나오는 유비 모습이 여기서 유래했다; 몸에 난 털이 모두 위를 향해 있다毛上向相: 지하철 환풍구 위를 걸어가는 사람을 생각하면 된다; 전신이 금빛이다金色相: 그렇다고 땀 흘리는 황인종을 떠올리면 안 된다; 겨드랑이 밑에 살이 있어 도독하고, 어깨가 둥글며, 두 볼이 사자처럼 도톰하다兩腋下隆滿相, 肩圓好相, 獅子頰相: 다이어트 강박에 시달리는 이들은 그 마음을 버려야 선한 열매셋을 얻을 것이다; 치아가 40개이며, 모두 똑같이 생겼다四十齒相, 齒齊相: 틀니와 비슷할 것이다; 혀가 부드럽고 얇으며 크고 넓어서 내놓으면 얼굴을 덮으나 집어넣으면 입속에 다 차지 않는다大舌相: 부침개를 입안에 넣고 다니는 사람을 상상하면 된다. 역시 선업善業을 쌓으면 욕망에서 자유롭게 된다. 최소한 다른 이가 품은 욕망에서는.

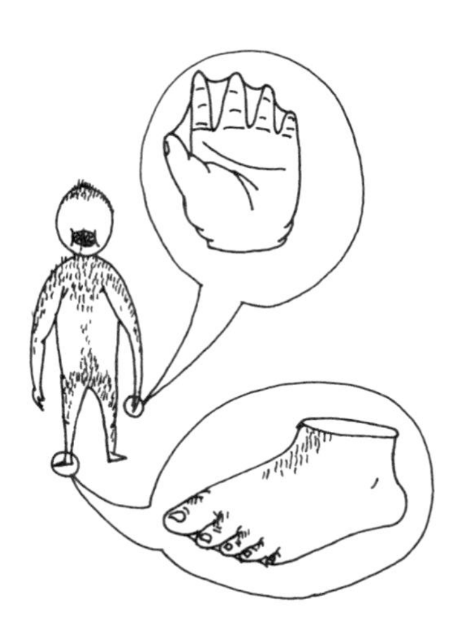

15 동사로서의 몸

여자가 월경하는 것을 '몸하다'라고 하지요. 명사가 아니라 동사로서의 '몸'이 여기에 있습니다. 생생하고 역동적인 몸이죠. 몸이 하거나 몸으로 하는 게 아니라, 글자 그대로 '몸하는' 일 말입니다.

16 정육점과 사창가

정육점과 사창가에서 붉은 전등을 켜놓는다는 건 잘 알려진 사실이다. 물론 싱싱하게 보이고 싶은 욕망 때문이다. 말도 못할 슬픔이 거기에 있다. 끝내 가지 못하는 것, 그게 그리움의 속성이다. 홍등紅燈—먼 곳의 불빛을 살肉의 일로, 그것만으로 알린다는 것. 한 사람이 가진 식욕과 성욕 중 어느 게 더 큰지는 그곳에 출입한 횟수가 일러줄 테지만, 끝내 가지 못하는 곳이 또한 있는 법이다.

17 음과 양

그림자처럼 당신과 겹칠 수 있다면. 서로의 경계를 허물고 입술이 입술과, 얼굴이 얼굴과, 가슴이 가슴과 붙어 있을 수 있다면. 그림자처럼 당신을 증거할 수 있다면. 떨어지지 않는 입술과 눈, 코, 입이 섞인 얼굴과 어루만지지 않아도 느끼는 가슴을 제시할 수 있다면. 그림자처럼 당신을 따를 수 있다면. 입술을 비죽거리며 제 어미를 따르는 아이의 울음과 우는 표정으로 웃는 연인의 클로즈업과 웃으며 풀어헤친 옷깃을 들이댈 수 있다면. 이 모든 게 네거티브 필름이어서, 단번에, 음영陰影을 바꾸어 인화된다면.

18 사자와 소의 사랑

사자는 태양을 상징하는 짐승이고, 소는 달을 상징하는 짐승이라고 한다. 갈기가 태양빛을, 뿔이 초승달을 상징하기 때문이다. 갈기는 밖으로 뻗쳐나가고 뿔은 날마다 자란다. 상징이란 본래 실재와 표현의 간격을 전제로 한다. 갈기도 뿔도 빛을 내지는 않는다. 그리움 역시 상징과 같은 형식이다. 내 몸은 여기에 있는데, 내 마음은 거기에 있다. 여기와 거기 사이의 간격을 억지로 잇는 것, 그게 그리움이고 상징이다. 소의 목덜미에 이빨을 박아넣고 싶어하는 것이 사자의 사랑이며, 사자의 옆구리에 숨구멍을 내고 싶어하는 것이 소의 사랑이다.

19 윤곽 A

〈브라질풍의 바흐〉로 유명한 작곡가 빌라 로보스는 자기 집 창밖의 산 모습을 골라 오선지에 윤곽을 그린 다음, 그 그림을 멜로디로 삼았다. 그에게 풍경은 몸이었고 몸은 음악이었다.

20 윤곽 B

윤곽이란 공간을 덜어낸 잉여를 말하는 것이다. 윤곽은 이미지일 뿐 그 사람이 아니다. 거기에는 물질성이 없다. 당신이 그 사람의 게슈탈트를, 윤곽을 보고 있다면 당신은 아직 다 본 것이 아니다. 그 사람은 윤곽 속에 숨어, 당신의 시선을 방어하고 있는 거다.

21 그때 나는 어디에 있었을까?

어느 날 일기장 속에 나오는 내가 더는 내가 아니라는 걸 깨달았다. 문장들마다 길 안내판처럼 붙어 있던 '나는……'이란 말들이 영 낯설었던 거다. 그럼 이걸 읽고 있는 나는…… 누구지? 누구의 일기장에나, '나는……'으로 시작되는 문장들은 촘촘하게 박혀 있다. 그 일기장들의 주어는 고유명사가 아니라, 그 '나는……'이다. '나는……'이 수많은 몸으로 분가해서, 수많은 일기를 쓰고 있었던 것이다. 인칭은 기호의 문제가 아닌 실체의 문제다. 우리가 인칭을 선택하는 게 아니라 인칭이 우리를 접수한 셈이다. 다르게 말해서 나와 너와 그와 그녀 속에 우리가 들어앉는 게 아니라, 나와 너와 그와 그녀가 우리를 나누어 갖는 것이다. 겁나는 일이다. 그 이후로 나는 일기를 쓰지 않는다.

22 이데아와 이데올로기

“당신은 환상이자 실재다”(에어 서플라이Air Supply) 당신은 어디에도 없으면서 도처에 있다. 모든 이가 당신의 모습을 조금씩 나누어 갖고 있으면서 어느 누구도 당신이 아니다. 그 강력한 이데아가 당신의 모습을 정형화시킨다. 이런 타입이 내가 바라는 인물형이야…… 그 안에, 그 말들의 틀 안에 당신이 살고 있을 리가 없다. 당신의 이데아는 죽고, 당신 떠난 자리에 당신에 관한 이데올로기만이 남는다.

23 우주적인 유혹 A

코스모스의 꽃말은 순결입니다. 그래서 한 자락 바람에도 그렇게 쉽게 흔들리는 걸까요? 가을바람이 우주적인 유혹이라면, 춘풍春風은 또 뭐란 말입니까?

24 우주적인 유혹 B

회춘回春할 때에 봄만 다시 돌아오는 건 아니죠. 노인이 다시 젊어지기도 한답니다. 그래서 날이 풀릴 때에 그토록 자주 어르신들이 돌아가시는 걸까요? 지나치게 젊어지는 것, 태어나기 이전까지 젊어지는 것 말입니다.

25 양파의 실존학

벗겨도 벗겨도 나는 없지만, 벗겨지는 나는 있다.

26 자본주의의 실존학

입간판은 하루종일 서서, 자기 존재 가치를 증명한다. 입간판은 고독하다.

27 욕망이라는 이름의 전차

어떤 강박증 환자는 자신이 "뚱뚱하기dick 때문에, 살을 빼야겠다는 생각을 했다. ……그는 사랑하는 여자의 사촌에게 화가 나 있었다. 사촌의 이름은 리처드Richard였는데, 영국의 관습대로 딕Dick이라 불렸던 것이다."(프로이트) 말이 욕망을 실어간다는 말은 잘못이다. 그냥 말이 욕망이라고 해야 한다. 말 바깥에 따로 욕망은 없다. 그래서 그토록 고백이 세상을 떠돌며 제 주인을 찾고 있는 것이다.

28 납작한 사람

그는 네거리에 누워 있었다. 차들이 핏물을 묻혀가서 그는 조금씩 희미해지고 있었다. 차들이 온몸의 피를 뽑아가서 하얗게 변해 있었다. 평소보다 훨씬 더 뚱뚱해져 있었다. 배광背光만으로 남은 사람, 다시는 함부로 건너가지 말라고, 건너가선 안 된다고, 사랑에는 지름길이 없다고 말하고 있었다.

29 희나리

우기의 난로 같아서 그를 품을 수 없었습니다. 그를 안으면 눅눅하고 텅 빈 소리가 늑골 구석구석을 울릴 것 같았습니다. 우기의 난로 같아서 그를 만져줄 수 없었고, 쓸어줄 수도 없었습니다. 손끝에서 붉은 녹물이 떨어져 검은 불꽃에 타버릴 것 같았습니다. 우기의 난로 같아서 그의 곁에 있을 수 없었습니다. 내게서 온기를 쬐려고 그 둥글고 무거운 몸을 기대올 것만 같았습니다. 나 역시 젖은 장작이 될 것만 같아서. 가늘지만 어렵게 쪼개질 것만 같아서.

30 평생이라는 것

천왕성의 1년은 지구의 84년이다. 거기선 오래 산다고 해도, 생일이 기일일 공산이 크다. 돌잔치를 하고 나면 금방 미수米壽, 88세다. 반면 수성에서는 88일이 지구의 1년이다. 거기선 사춘기가 되어봐야 아장아장 걸을 뿐이다. 평생이란 그런 것이다. 한 번에 흘러가거나, 지긋지긋하게 흘러가는 것.

31 부활절의 수사

맹자는 자신의 말을 강조할 때, "성인이 다시 일어나셔도復起 내 말을 바꾸시지 않을 것이다"라는 표현을 쓰곤 했다. 불가능에 기댄 강조 어법. 한 번 죽은 이는 결코, 다시 일어나지 않는다.

32 자식이 아니라, 원수야 원수!

게에 기생하는 소낭충은 몇 주에 한 번씩 수천 마리 유충을 낳는다. 소낭충에 감염된 게는 탈피하지도 않고 성장하지도 않고 끊임없이 먹어대기만 한다. 유충을 기르는 것이다. 심지어 떨어져나간 집게발도 새로 돋게 못 한다. 소낭충은 게의 알집이 있어야 할 자리에 혹을 만들어 게를 속인다. 그걸 정성으로 돌보는 동안, 소낭충 유충들은 수천 마리씩 태어난다. 희한한 것은 암게만이 아니라 수게도 똑같은 짓을 한다는 것이다. 아, 진짜 자식이 아니라 원수다. 탁란에서 깨어난 뻐꾸기 새끼는 귀염이라도 떨지.

33 화양연화

버림받은 아내장만옥와 남편양조위이 만나, 버린 남편과 아내가 나누었음직한 사랑을 연기한다. 그러다가 버린 자들끼리 주고받는 밀어가 버림받은 자들의 속내가 되어버린다. 사랑에 빠진 둘, 아니 넷. 파트너를 바꾸어가며, 눈물을 흘리며 하는 놀이. 마침내 버림받은 그들은 헤어지는 장면을 연습하는데, 아마도 이 장면은 버린 그들이 따라했을 것이다. 내가 겪은 연사戀事를 지금도 누군가, 거울을 보며 연습하고 있다는 것.

34 부처님 손바닥 위에서

내 손아귀를 그토록 빠져나가려 애쓰더니, 흥, 이 비누, 이렇게 초라해질 줄 알았다.

35 진보와 반동

레슬링에는 로프 반동 기술이라는 게 있다. 로프에 던져 튀어나오는 상대를 당수로 치거나 바닥에 메다꽂는 기술이다. 그때 그를 보내는 게, 붙잡지 말고 놓아주는 게 진보였던 거다.

36 칠뜨기와 팔불출

팔불출八不出은 원래 팔삭동이에서 나온 말로, 저 잘났다고 여기는 자, 마누라 자랑하는 자, 자식 자랑하는 자, 아비 자랑하는 자, 형제 자랑하는 자, 학교 자랑하는 자, 고향 자랑하는 자를 말한다. 그러니까 저 자신이나 혈연, 학연, 지연을 내세우는 자들이 모두 팔불출이다. 그런데 가만 보면 자랑하는 목록이 여덟 가지가 아니라 일곱 가지다. 이걸 굳이 세보다니, 나도 참 한심스럽다. 나 같은 사람을 위해 목록 하나를 비워둔 것 아닐까?

37 난생신화卵生神話 A

김수로왕이나 고주몽만이 아니다. 사람은 다 '알'에서 태어난 '몸'이다.

38 난생신화卵生神話 B

배아를 보호하기 위한 가장 좋은 방법은 알을 몸속에 넣어두는 것이다. 누가 깨지 못하게 방어하거나 달아날 수 있으니까. 그러니까 어머니는 방어막과 기동력을 갖춘 커다란 알인 셈이다. 박혁거세와 고주몽이 태어난 알도 바로 이 알이었겠지.

39 "모가지가 길어서 슬픈 짐승이여"(노천명)

단풍놀이 가는 관광버스는 잠시도 쉴 틈이 없다. 휴게소에서도 들썩거린다. 죽어라 춤추는 아줌마들, 좌석 손잡이를 용케 피해 허벅지에 멍자국 하나 없다. 내장산으로, 오대산으로 빨간 물감 좍, 뿌리러 간다. 아줌마들, 입은 옷도 원색이라 흑싸리나 홍싸리 하나 끼어들 틈이 없다.

40 일요일의 연인

바람둥이가 한 번에 최대로 만날 수 있는 정인情人이 몇 명인가를 두고 토론이 벌어졌다. 순旬 단위로 열 명이라는 견해도 있었고, 월月 단위로 서른 명이라는 견해도 있었지만, 아무래도 주週 단위로 일곱이라는 견해가 많았다. 요일이 섞이면 계산하기가 힘들어지니까. 그러니까 바람둥이의 최대 수용 인원도 현대사회가 지정해준 것이다. 아, 일곱이라니. 그렇다면 안식일의 연인은 작업의 대상일까, 휴식의 파트너일까?

41 월요일의 연인

최악이야. 그를 만나기 전에는 꼭 월요병이 생긴다구.

42 만인의 연인

뼛속까지 바람둥이인 사람, 그는 골다공증 환자다.

떠맡다

등

어깨

등

: 목, 가슴, 배의 뒷면을 이르는 부분. 상하로는 목 바로 아래에서 항문까지, 좌우로는 장골릉腸骨稜: 장골 위의 가장자리까지가 영역이다. 천배근淺背筋과 심배근深背筋의 두 가지 근육이 발달해 있다. 천배근은 견갑골과 쇄골에 붙어서 어깨를 움직이는 근육이며, 심배근은 척주나 늑골을 움직이는 근육이다. 늑간동맥, 정맥의 뒷가지後枝와 척수신경의 뒷가지가 이곳을 지나간다.

어깨

: 팔과 몸통에 이어지는 위쪽. 견관절과 견갑골, 삼각근, 피부로 이루어져 있다. 견관절은 견갑골의 관절와關節窩와 상완골두上腕骨頭와의 사이에 성립하는 둥근 관절이며 상하좌우로 잘 움직인다. 견갑골은 흉곽胸廓의 뒷면에 짝을 이루어서 위치해 있으며, 9~10센티미터 정도의 삼각형 모양을 하고 있다. 삼각근은 팔을 움직이는 근육으로 이 근육의 형태가 어깨의 모양을 이룬다. 어깨 근육에는 삼각근 외에도 극상근棘上筋·소원근小圓筋·대원근大圓筋·견갑하근肩胛下筋 등이 있다.

1 참을 수 없는 존재의 가벼움

"그녀의 어깨를 짓누른 것은 인생의 무거움이 아니라 존재의 참을 수 없는 가벼움이었다."(밀란 쿤데라) 기화氣化가 가진 무게. 누가 날 붙잡지 않았으므로 나는 떠났으며, 누가 날 붙잡았으므로 나는 떠났다. 이 인과의 사슬은 이상한 게 아니다. 나는 어쨌든 떠났다. 그리고 내 떠남에는 이유가 있다. 그대가 날 붙잡았건, 아니건.

2 참을 수 없는 존재의 무거움

사람은 산만한 짐을 지고서도 살아간다. “사랑한다고 말하면서 너는 네 무거운 짐을 내게 다 맡겨버렸어.”

3 음지

등지다란 말이 있지요? 배반背反한다고 쓸 때의 그 등背 말입니다. 정작 등은 한 번도 당신을 배반하지 않아요. 당신 뒤에서 당신을 늘 따라다니죠. 물론 당신의 손길이 거기까지 미치지 못할 때가 훨씬 많지만 등은 결코 당신에게서 등돌리지 않아요. 등을 돌리는 건 당신 자신이죠. 누군가 당신을 등쳐먹을 수는 있지만 말입니다.

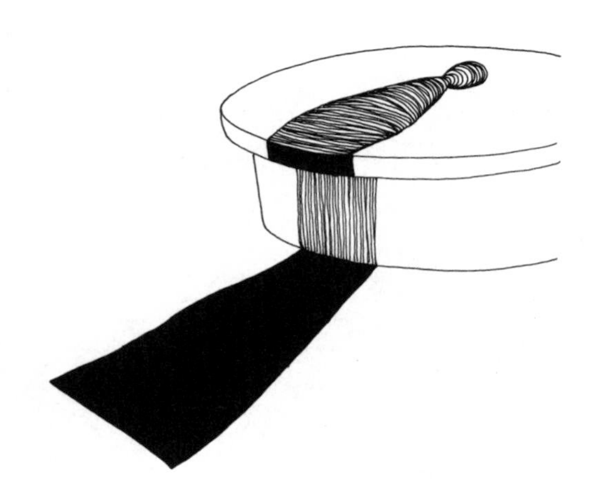

4 디스크

당신에게는 통상 스물세 장의 디스크disc가 있다. 온갖 노래와 영상을 기록해둔 곳이다. 당신이 오래 부적절한 자세를 취하거나 감당할 수 없는 무게를 지려고 할 때, 그 기록물 한두 장이 빠져나가버린다. 그러면 당신에게서 여러 종류의 화학물질이 분비되어 격통을 불러일으킨다. 한번 기록물을 잃어버리면 당신은 기침을 하거나 재채기를 하는 데에도, 배변을 하거나 허리를 굽히는 데에도 온갖 고통을 겪게 된다. 디스크를 가장 자주 잃어버리는 시기가 30대 때다. 사랑을 잃고 사랑에 대한 기록마저 잃기 시작하는, 바로 그때다.

5 이생규장전李生窺牆傳

담이 왔어요. 오른쪽 어깻죽지가 묵지근합니다. 조금만 움직여도 뒤에서 코브라 트위스트를 건 것만 같습니다. 도대체 누가 나를 엿보는 건가요? 이 생의 너머에 있는 저 생의 기웃거림인가요?

6 오십견

오십이 되면 아무것도 지지 않았는데도 견딜 수 없이 아픈 어깨가 온다. “등이 휠 것 같은 삶의 무게”(임희숙)라는, 거대한 추상이 어깨를 짓누른다. 왼쪽 어깨의 짐을 오른쪽 어깨로, 혹은 그 반대로 옮길 수도 없는, 너무 가벼워서 어디 부려놓을 수도 없는, 그런 때가 온다.

7 비견比肩

어깨를 나란히 하다. 어깨로 키를 재고 어깨로 힘을 가늠하고 어깨로 우열을 다투다. 어깨로 전존재를 대표하다. 한 번 으쓱하고 마는 바로 그것으로.

8 대견

'대견하다'의 대견을 큰 어깨라 읽고 싶어진다. 큰 짐을 질 수 있어 보기에 좋다고 말하고 싶어진다. 인생의 어떤 무게도 그를 누르지 못할 것이라 생각하고 싶어진다. 한 번 으쓱하고 말 것이라 믿고 싶어진다.

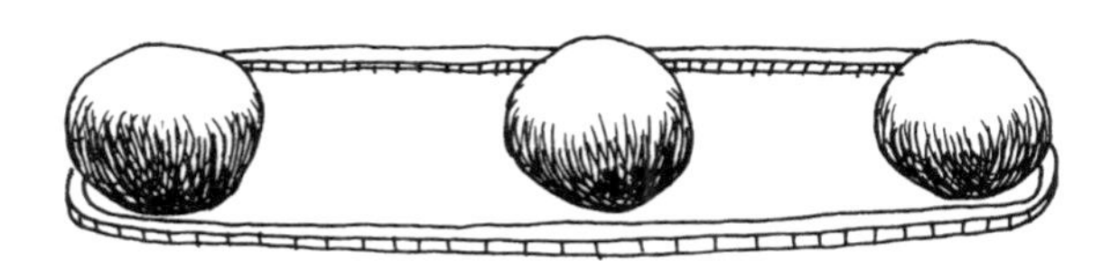

9 "그대 어깨 위에 놓인 짐이……"(변진섭)

중국에서는 어깨가 흘러내리듯 없는 여자를 미인으로 쳤다. 지금이라면 브래지어를 걸 데가 없으니, 그렇게 보기는 힘들 것이다. 주물러줄 데가 없으니, 그녀는 피곤하지 않았을 거라는 뜻일까? 짐을 떠맡을 데가 없으니, 그녀는 가볍게 살았다는 뜻일까?

10 사실주의

환히 웃으며 신부가 부케를 등뒤로 던지고 있다. 이제 축복의 한때가 더는 내 것이 아니라는 얘기다. 나는 다시는 단체 사진의 맨 앞줄, 한가운데에 서지 못할 것이다. 음악에 맞추어 천천히 이곳으로 걸어올 수도 없을 것이다. 뒤에서 뒤로 건네지는 꽃다발, 그게 낭만주의의 표상이다.

11 우화등선羽化登仙

강남역 맥도날드의 M자가 저녁의 거리를 천천히 날아오른다. 지상을 헤매는 불쌍한 편육들을 쪼아먹으려는 자본주의의 붕새다.

12 우주의 등을 밀다

"폐쇄된 우주에는 재미있는 성질이 있다. 어느 주어진 점에서 발사된 빛은 결국에는 발사점으로 되돌아오는 것이다. 그래서 어떤 사람이 폐쇄된 우주를 유심히 들여다본다면 그는 자기 뒤통수를 볼 수가 있는 것이다!"(존 테일러) 목욕탕이 그런 우주다. 모르는 이의 등을 열심히 밀고 있는 저 남자는, 잠시 후의 제 등을 밀고 있는 거다.

13 필화사건筆禍事件 A

아, 어깨에서 등으로 이어진 그 곡선을 필설로 설명할 수만 있다면.

14 필화사건筆禍事件 B

곡학아세曲學阿世란 말이 있다. 펜을 다 구부려도 좋으니, 방금 말한 곡선만 설명할 수 있다면.

15 누가 주체인가?

나는 용감하고 순수하며 세심하고 열정적이고 절제하며 불의를 참지 못한다. 그러나 이 덕목이 다른 사람에게 옮겨가면, 그는 무모하고 단순하며 소심하고 욕정적이며 억압되어 있으며 분노에 빠지기 쉬운 이가 된다. 중요한 것은 덕목이 아니라, 누가 주체인가 하는 것이다. 누가 떠맡았는가 하는 것이다.

안다

배

가슴

배

: 등에 대응하는 신체 부분 가운데 아래쪽. 대개 횡격막을 경계로 배와 가슴이 나뉜다. 앞과 옆과 뒤의 세 부분으로 나뉘며, 이중 후복부는 등이다. 열번째 늑골의 아랫지점과 장골릉腸骨稜의 윗 지점을 지나는 선을 따라, 상복부, 중복부, 하복부로 나누기도 한다. 상복부는 좌우 늑골궁 사이에 있는 중앙부를 상위부, 그 밑을 하륵부라 부른다. 중복부는 배꼽을 중심으로 한 제부臍部와 그 양쪽에 계속되는 측복부로 나뉘고, 하복부는 제부 아래쪽에 접하는 치골부와 그 양쪽에 있는 서혜부鼠蹊部로 나뉜다.

가슴

: 등에 대응하는 신체 부분 가운데 위쪽. 늑골이 흉추 및 흉골과 연결되어 몸안의 중요 장기를 감싸는 뼈대를 형성한다. 폐와 심장, 기관지, 식도가 이 안에 있다.

1 1억 년 동안의 고독

동굴도롱뇽이라 불리는 올름Olm은 은둔형 외톨이다. 1억 3천5백만 년 전, 북아메리카와 유럽이 한 땅덩어리였을 때, 도롱뇽의 선조가 살았다. 두 대륙이 분리되면서, 북아메리카에는 도롱뇽이 번성했지만, 유럽 쪽에서는 한 종만이 동굴 속에서 살아남았다. 가늘고 긴 몸에 동굴 생활에 적응하느라 역시 눈을 버렸다. 한번은 올름 한 마리가 냉장고에서 12년 동안 버려진 적이 있었다. 나중에 열어보니 여전히 살아 있었는데, 소화기관이 완전히 사라져 있었다고 한다. 방안에 앉아 이렇게 글이나 쓰고 있는 나도, 참 어지간하다.

2 계단의 꿈

내가 당신의 늑골을 하나씩 만질 때, 당신은 떨다가 한숨을 쉬다가 눈을 감았습니다. 내가 당신의 계단을 하나씩 오를 때, 당신은 무서워하다가 슬퍼하다가 이내 잠들었습니다. 꿈속에서 계단은 끝이 없었고 다리는 무거워서 도무지 당신 있는 문까지 도달할 것 같지 않았습니다. 5층을 지나 6층, 6층을 지나 7층, 7층을 지나 다시 당신의 잠든 얼굴이었습니다. 꿈속의 꿈, 그 꿈속의 다른 꿈, 그 꿈속의 또다른 꿈이었습니다. 나는 깨지도 못하고 당신의 잠 속에 들지도 못하고, 그저 계단을 오르고 있었습니다. 소스라쳐 놀라서 꿈을 깨면 또다른 꿈속이었습니다. 내가 당신의 꿈이었던 까닭입니다.

3 흉곽에 걸린 사람

흉곽에 걸린 사람은 무겁다. 병자가 뱉은 검은 침처럼 도로에는 껌자국들이 널렸다. 너는 이곳저곳을 다녔구나. 결석結石을 품은 듯 옆구리를 손바닥으로 감싸안으며 나는 내 늑골을 디디고 오르는 사람을 본다. 먼 곳에서 허파꽈리처럼 켜드는 불빛들, 흉곽에 걸린 사람이, 어렵게 숨을 쉰다.

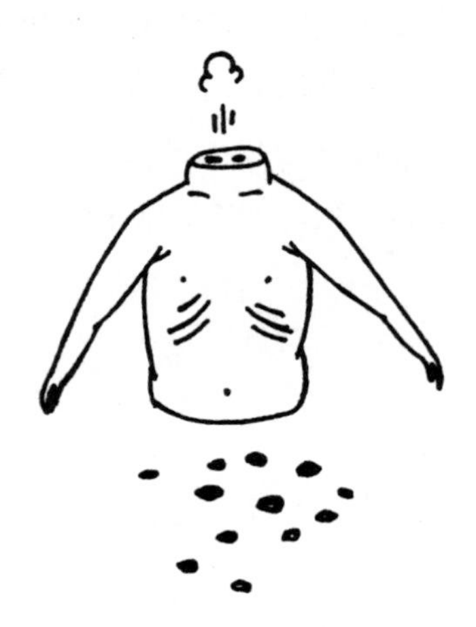

4 어머니의 마음

애간장을 녹인다고 할 때의 애는 창자지만, '애가 타다, 애가 터지다, 애를 먹다, 애를 먹이다, 애를 쓰다, 애를 태우다'의 애는 창자가 아니다. 결단코 그럴 수가 없다.

5 서정시에 관하여

"주관적인 내면은 원래 서정시의 통일점으로 간주되어야 한다. ……심정이 구체적인 상태로 집중되어 나타난 기분이 가장 완전한 서정적인 것이 된다."(헤겔) 그러니까, 「대전 브루스」나 「목포의 눈물」은 빼어난 서정시이다. "잘 있거라, 나는 간다……"에 담긴 서정적 자아의 완전한 절망 혹은 결별.

6 넓은 사람

윗옷의 앞자락을 오지랖이라고 하는 걸 잘 아시죠? 당신의 오지랖이 넓으면 다른 옷을 감싸버릴 수 있죠. 나는 당신과 다른 옷을 입고 있어요. 이 옷까지 다 덮였으면 좋겠습니다.

7 좌고우면左顧右眄

남자 옷은 오른쪽이 아래에 있고 여자 옷은 왼쪽이 아래에 있다. 그래서 옷을 입거나 벗을 때 남자는 오른손잡이가, 여자는 왼손잡이가 유리하다. 여기서 어떤 억압을 읽어낼 수도 있겠지만, 사실 내가 더 궁금한 것은 그게 아니다. 당신은 그 사람과 길을 갈 때에 오른쪽에 서는가, 왼쪽에 서는가? 다르게 말해서 당신은 그 사람의 안쪽을 보고 있는가, 바깥쪽을 보고 있는가?

8 이 짐승!

변태란 사랑을 가치화한 사람을 이르는 말이다. 이를테면 〈댄서의 순정〉 같은 것. 이름도 모르고 성도 모르는 채로 모르는 이의 품에 얼싸안겨 있는 것. 누가 안느냐가 무에 중요하겠는가? 안겨 있으면 되는 거지. 아침에 깨어나서는 "어, 이 사람, 누구지?"하는 황당한 경험.

9 밀물

"가까스로 저녁에서야// 두 척의 배가/ 미끄러지듯 항구에 닻을 내린다/ 벗은 두 배가/ 나란히 누워/ 서로의 상처에 손을 대며// 무사하구나 다행이야/ 응, 바다가 잠잠해서"(정끝별) 여러 번 거듭 읽곤 하는 시다. 둘은 물때가 맞았다. 둘은 늦지 않게, 배 대는 시간을 맞출 수 있었다. 참 다행이다.

10 썰물

아이들 꾀병 가운데 제일 흔한 게 배 아프다는 말이다. 그때는 "엄마, 배 아파"란 말이 "학교 가기 싫어"란 말의 동의어였지. 집에 있고 싶다는 말이었지. 나이들어도 그렇다. 사촌들은 왜 그리 땅을 많이 사는가, 이 말이다. 그냥 집에나 있지.

11 회회아비쌍화점 생각

회를 발라내고 어항에 다시 넣은 물고기가 꿈틀거려요. 싱싱한 회에는 회가 동動하죠. 잘 알고 계시겠지만, 앞의 회는 생선의 회膾지만, 뒤의 회는 회충의 회蛔랍니다. 그이를 다 알고 나면, 다른 게 꿈틀댄다는 뜻이랍니다.

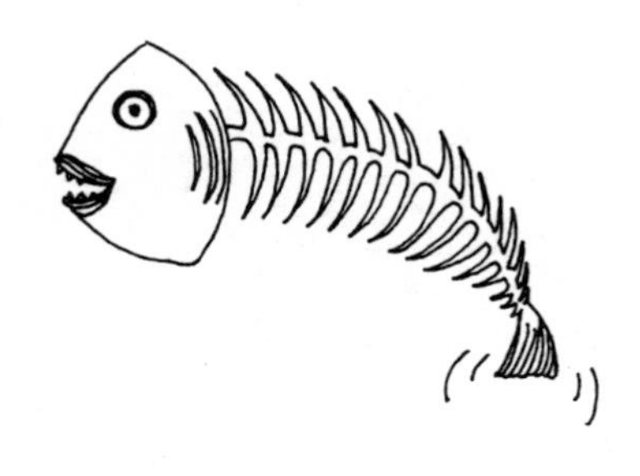

12 갈비에 관한 아홉 가지 오해

근세까지만 해도 서양에서는 남자의 갈비뼈가 여자보다 하나 부족하다고 생각했다. 아담이 그걸 여자에게 주었다고 믿었기 때문이다. 하긴 갈매기살이 돼지의 갈빗살이라는 데 놀란 나도 있었다. "그 굳고 정하다는 갈매나무"(백석)를 한자로는 서리鼠李 혹은 저리楮李라고 부른다. 쥐나 닥나무와는 비슷도 안 한 나무다. 해삼과 비슷하게 생긴 갈미는 한자로 광삼光蔘이라고 쓴다. 무슨 빛이 나는지는 모르겠다. 갈대의 이삭은 갈목이라고 부른다. 가을의 길목에서 무성하다는 뜻일까? 갈목으로 만든 비도 갈비라고 부른다. 어르신들은 아주 힘든 일을 맡았을 때 갈빗대가 휜다고 말한다. 사실, 갈빗대는 원래 휘어 있다. 추녀의 앞쪽 끝에서 뒤쪽 끝까지의 거리도 갈비다. 집의 늑골인 셈이다. 솔가리를 갈비라 부르는 지방도 있다. 갈퀴로 긁는다는 점에서는 비슷할 것이다. "불현듯이 겨드랑이가 가렵다."(이상) 내 인공의 날개가…… 돋아본 적 없는 자국이다.

13 당신의 옆자리

사이드미러에는 "사물이 거울에 보이는 것보다 가까이 있음"이란 글자가 새겨져 있다. 사이드미러에는 사각死角이 있다. 당신이 보지 않는 누군가가 그토록 가까이에서, 당신 곁에 붙어 있었던 것이다.

14 포옹

그녀를 안을 때, 내 마른 몸을 채우는 어떤 풍요가 있어요. 갈빗대 사이로 흘러드는 어떤 물살이죠. 내가 정말 갈빗대 하나를 그녀에게 주었나봅니다. 그래서 이렇게 그녀가 나를 대신 채워주는 건가 봅니다.

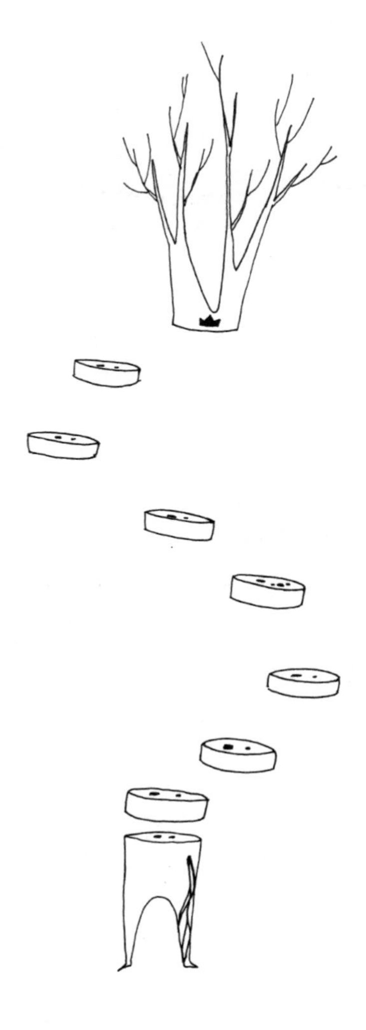

15 '계단'과 '단계'라는 애너그램

그녀의 가슴을 만질 때마다 나는 그녀의 눈물을 핥아 먹는 기분을 느꼈다. 따뜻하고 비릿한 파도가 조금씩 스며들었다. 모든 밤이 열대야였다는 뜻이다. 화씨와 섭씨 사이에서, 그녀는 몇번째 계단을 올라가고 있었을까?

16 빈방

그대의 빈방, 환하게 불 켜든 나의 외부라면. 풀어진 옷깃 속에 나를 감춘다면. 오래된 온돌마냥 천천히 덥혀진다면. 무심한 입술처럼 내게 열린다면. 그 안에 나를 방목한다면. 그리고 길고 긴 잠을 허락한다면.

17 너무 자주 만진 손잡이처럼

너는, 내게로, 열리며, 빛난다.

18 배꼽시계가 가리키는 것

배꼽을 맞춘다는 얘기가 있지요? 그녀와 저녁 약속을 했다는 얘기죠. 메뉴에 관해서는, 당신의 상상에 맡기겠습니다.

19 세상에서 가장 큰 가슴

아마존은 지구의 허파라 불린다. 지구상에 존재하는 산소의 20퍼센트를 생산하기 때문. 그런데 밤이 되면 만든 산소를 제가 다 마셔버린다고. 아, 그러니까 허파 맞네. 내쉬고 들이쉬고.

20 아담의 식사

옆구리를 다 뜯긴 청어야. 너도 나처럼 견디고 있구나.

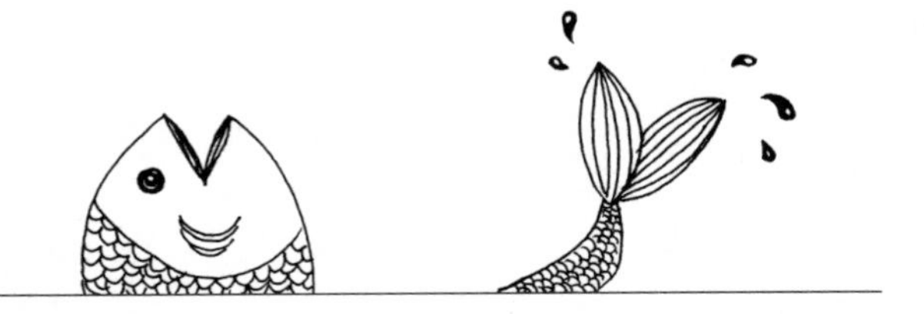

부풀어오르다

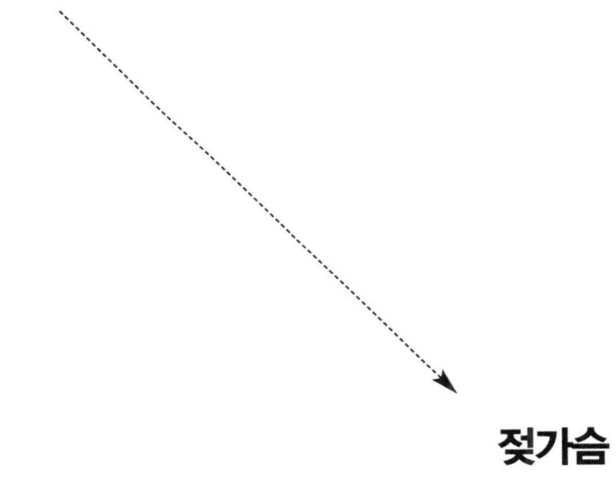

젖가슴

: 여성의 반구형 수유 기관. 대흉근大胸筋 위, 두번째에서 여섯번째 갈비뼈 자리에 위치하지만, 체내 조직으로는 겨드랑이까지 퍼져 있는 경우도 있다. 젖가슴 사이의 파인 부분을 응중膺中이라 부르고, 젖가슴 중앙에서 조금 아래쪽에 나 있는 원통 모양의 융기부를 젖꼭지乳頭라고 한다. 유두에는 주름이 많고, 그 사이에 많은 유공乳孔이 있어서, 수유기에 젖을 낸다. 유두 주위에는 갈색의 고리 모양 띠가 있는데, 이를 유륜乳輪 혹은 젖꽃판이라 한다. 젖꽃판의 상피세포 안에는 큰 기름샘皮脂腺 결절이 있는데 임신하면 눈에 띄게 진해진다. 이를 몽고메리결절Montgomery tubercles이라 부른다. 유방조직은 수많은 지방조직과 혈관과 신경, 림프 계통과 15~20개의 유선엽으로 구성되어 있다. 각각의 유선엽은 유선을 가지고 있으며 유두를 통해 유선에서 만들어진 젖이 분비된다. 유선엽은 여러 개의 유선소엽으로 나누어지고, 각각의 유선소엽은 다시 수십에서 수백 개에 이르는 소포小胞로 나누어진다.

1 사랑이라는 발음

"사랑amor은 젖꼭지amma, 유방mamma, 유두mamilla에서 유래된 단어다. ……아무르amour는 말을 하는 입이라기보다는, 배가 고파 입술을 앞으로 내밀어 본능적으로 젖을 빠는 입 모양에 가까운 단어다."(파스칼 키냐르) 아이가 엄마의 가슴을 찾는 것, 거기에 사랑의 원형이 있다. 사랑이란 바로 그 입술의 모양이다. 불어로 "아무르"라고 발음할 때 우리 입술이 젖꼭지를 향해 삐죽이 내민다면, 한국어로 "사랑"이라고 발음할 때 우리 입술은 젖무덤 전체를 받아들일 듯이 함박 벌어진다.

2 저녁이 되면 집으로 돌아가야 한다

이브닝드레스는 전신을 가리고 젖가슴만 두드러져 보이게 고안한 옷이다. 그걸 저녁의 옷이라고 부른 게 그럴듯하다. 사실 남자들은 선천적으로 약시弱視다. 조금만 어두워져도 나란히 불 켜든 60촉짜리 전구를 찾아 두리번거린다. 거기가 집이기 때문이다. 어서 가서 몸을 누이고 싶기 때문이다.

3 무덤의 역사 A

여자애들, 봉긋한 가슴은 무덤 같다. 거기에 한 세월을 묻어버렸던 게 분명하다. 아니, 두 세월이라고 해야 하나?

4 무덤의 역사 B

나이를 먹을수록 그분의 가슴은 평토장平土葬한 무덤이 되어갔지요. 슬픔이 조금씩 깎여나갔다는 얘기입니다. 마침내 아무도 그를 기억하지 못할 때까지, 할머니는 바위를 쓰다듬는 손으로 없는 비석을 매만지고는 했습니다. 지문이 희미해질 때까지 손때를 묻히고는 했습니다.

5 그 너머에 있는 것

언덕에 오르면 숨이 차지? 언덕을 거듭 넘으면 쌍봉낙타가 된 기분이지? 불티를 껴안은 낙타표 성냥처럼 몸에서 확 치미는 게 있지? 타고 남은 성냥개비처럼 후들거리는 다리로 다시 내려와야 하지? 그게 집이라면. 언덕 위에 당신의 집이 있다면.

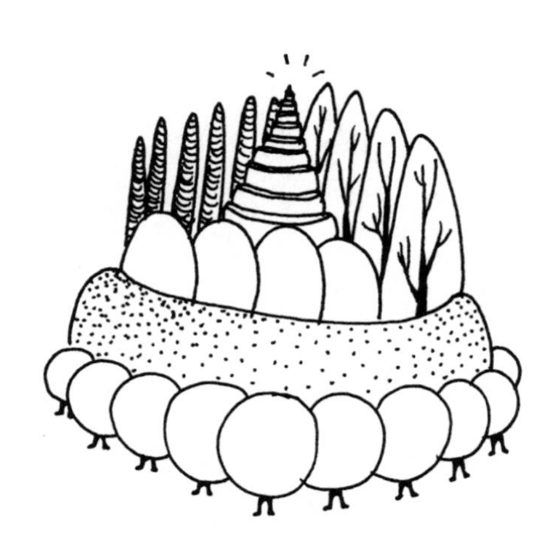

6 그녀를 떠나다

고봉밥 한 그릇을 다 비우지 못했습니다. 졸인 간장처럼 내 안이 말라붙었기 때문입니다. 그다음은 내가 말할 수 있는 것이 아닙니다. 밥풀을 이겨 붙인 봉투처럼 내 입이 들러붙었기 때문입니다.

7 B컵이거나 C컵이거나……

수국水菊의 크기를 말한 적이 있어요. 오종종한 꽃잎이 레이스 문양이라고 했죠. 그런데 수국을 건드리면 우수수 떨어지는 꽃잎 뒤에, 아무것도 없어요. 내 손아귀에 기록된 바로 그 기억이 없어요. 잠시 불었던 바람 같은 한숨소리도, 그늘 사이에 얼비친 입술의 벌어짐도, 그예 캄캄해지는 감은 눈도 없어요.

8 박자에 맞춰서……

여자들은 대개 왼쪽 젖가슴이 오른쪽 젖가슴보다 크다고 한다. 심장 때문이다. 안에서 두근거리니, 밖에서 부풀어오르는 거다. 동덕여대 뒤편, 산정에 큰 정자가 있는데, 새벽이면 주현미나 심수봉의 노래에 맞춰, 동네 아줌마들이 정자 주변을 무리지어 돈다. 다른 사람들과 부딪칠까봐 꼭 시계 반대 방향으로만 돈다. 심장박동이 트로트 박자란 걸 거기서 알았다.

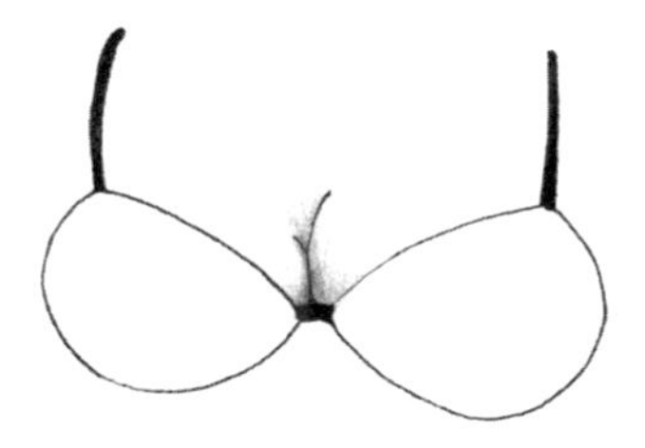

9 작용과 반작용

젖가슴이 둘이라는 사실에 대응하는 것은 손이 둘이라는 사실이다. 입은 하나뿐이다.

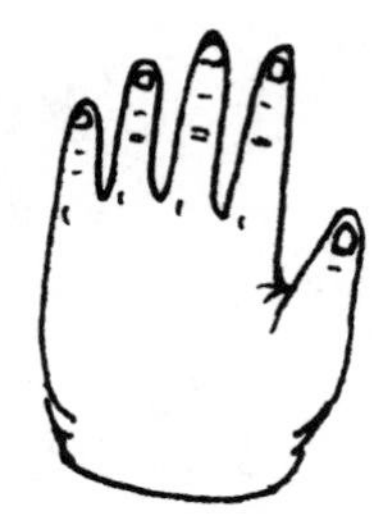

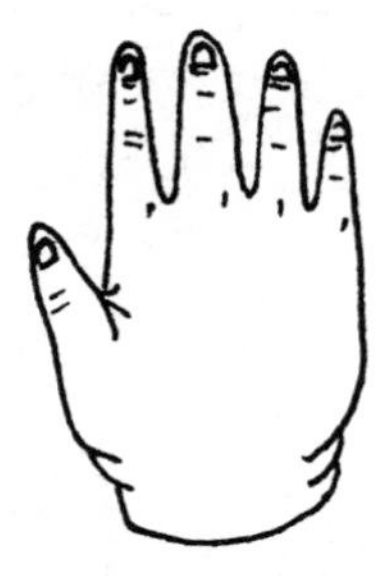

10 "사람이 꽃보다 아름다워"(안치환)

얼마나 더 아름다운가? 딱 두 배다. 꽃은 한 송이지만, 사람은 젖꽃판을 둘이나 가졌다.

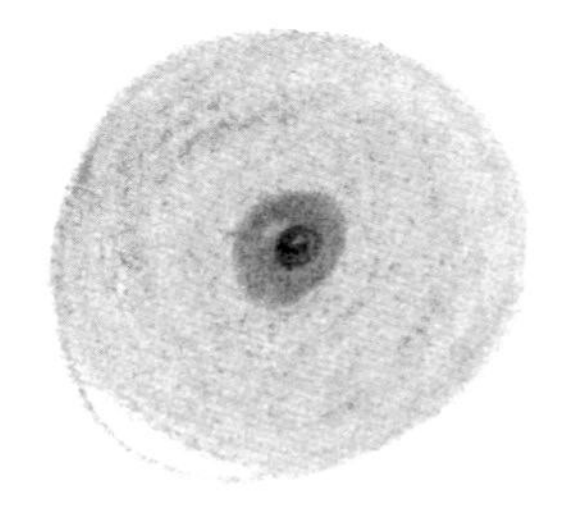
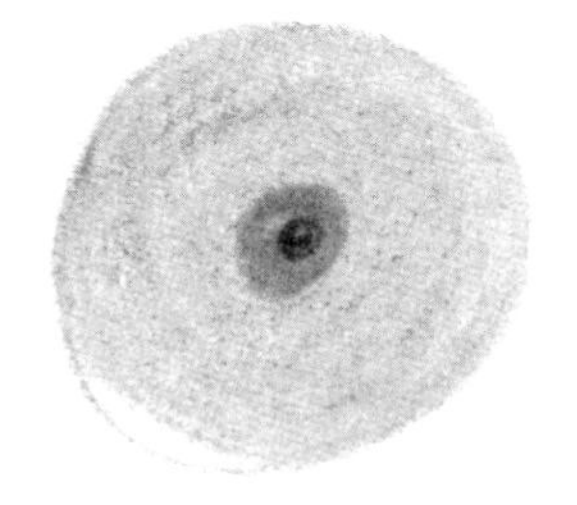

11 티끌 모아 태산

저 산이 먼지로 돌아갈 거라는 생각은 나를 슬프게 한다. 내 손이 닿을수록 저 산은 야산으로 돌아갈 것이다. 한 번 움켜쥔다 해도 다시 불을 뿜거나 하지는 않을 것이다. 정말로 그럴 것이다.

12 고향 가는 길

갓난아이의 젖 빠는 힘은 무섭다. 엄마가 무슨 무가당 주스도 아닌데, 껍질만 남을 때까지 빨아댄다. 아, 저 입맛 다시는 흡반吸盤이라니! 콜라 광고 가운데, 너무 열심히 빨다가 병 속에 들어간 아이를 보았다. 아기도 그렇게, 다시 안으로 들어가고 싶었던 걸까?

13 배치의 문제

유방이나 뱃살이나 사실은 똑같은 지방이다. 활을 쏘기 위해 한쪽 유방을 잘라버렸다는 아마존의 여전사들이나 처진 뱃살을 가리기 위해 지방 흡입을 받는 이들이 버린 것은 고작 1킬로그램도 못 되는 굳기름일 뿐이다. 내가 아는 한 분이 최근 유방암 수술을 받았다. 그분이 아마존 여전사처럼 더 강인해졌으면 좋겠다.

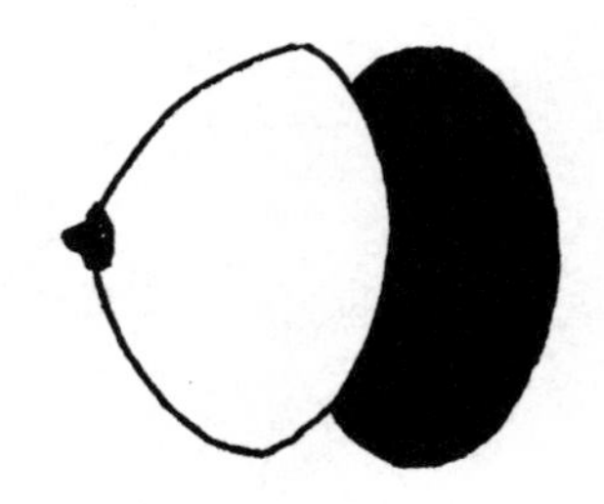

14 은하수의 유래

갓난아기인 헤라클레스가 헤라의 젖을 너무 세게 빨자, 아픔을 못 이긴 헤라가 아기의 입을 놓쳤다. 거기서 뿜어져나온 것이 은하수다. 아기가 남편의 흉내를 냈던 거다. 사춘思春에 이르지 못한 금강역사라니, 그야말로 우주적인 농담이다.

15 형식주의자

내용이 아니라 형식에만 신경을 쓰다니, 내 수위水位는 아직 멀었다.

16 쌍문동 지나면 수유리, 수유리 지나면 미아동

그래선가? 수유리를 지날 때면 여전히 마음이 아프다.

17 항우項羽의 항복

초한지를 읽으면, 항우가 진 게 당연하다는 생각이 든다. 그 유명한 역발산기개세力拔山氣蓋世가 유방 하나를 이기지 못했다. 둘도 아니고.

18 화룡점정

방울토마토가 전체가 아니라 어떤 정점이라는 믿음.

19 선문답

누워 있는 그녀에게 동생이 물었답니다. 왜 엎드려 있어? 바로 누워서 자. 달에는 보름달도 있고 초승달도 있는 법이랍니다.

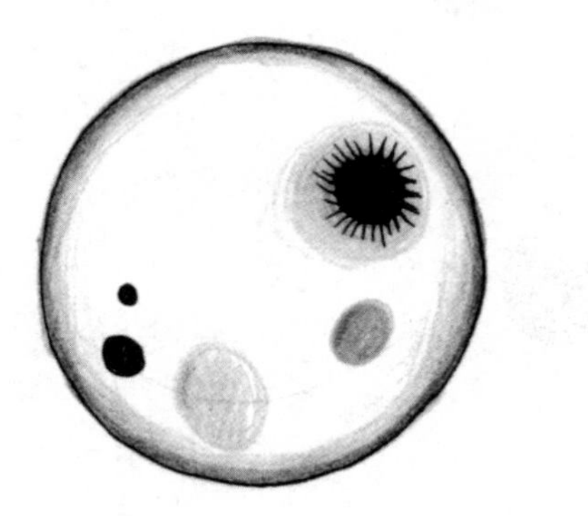

20 에어 서플라이 생각

내가 다닌 학교 한구석에는 설립자 무덤이 있었습니다. 술 취한 남학생들이 거기 올라가 오줌을 누거나 고래고래 노래를 부르곤 했죠. 나중에 그 자리에 건물을 짓느라 묘를 옮겼는데, 그때에야 그것이 가묘假墓인 걸 알았습니다. 처음부터 텅 비어 있었던 거죠. 남학생들, 술 다 깼을 겁니다.

21 호빵맨 생각

〈고스트 버스터즈〉란 귀신 잡는 서양 코미디 영화가 있었다. 악마가 세상을 멸망시키기 위해 현신했는데, 그 현신, 그 아바타가 호빵맨이었다. 아, 지구는 호빵으로 멸망할 뻔했다. 부드럽고 달콤한 쿠션에 짓이겨질 뻔했다. 속은 못 봤지만, 그 빵은 분명 단팥빵이었을 거다.

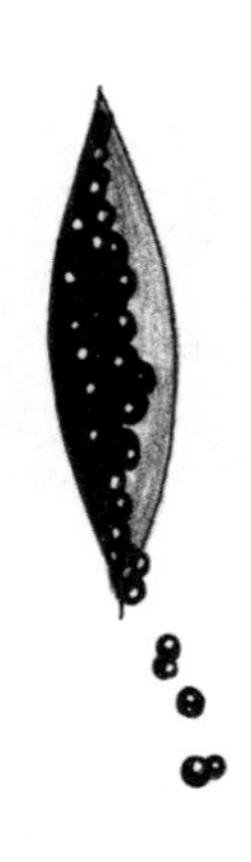

22 황진이 생각

명월明月이 만공산滿空山하니, 제발 벚꽃만 피어라, 피어라.

23 심형래 생각

팔도 비빔면 CF를 보셨는지? 오른손으로 비비고, 왼손으로 비비고…… 젓가락질이 서툴러 동작을 놓치던 심형래가 마침내 노래를 완성한다. 두 손으로 비벼도 되잖아? 그때의 그 묘한 표정이라니, 바보인 척했지만, 실은 그도 알고 있었던 거다.

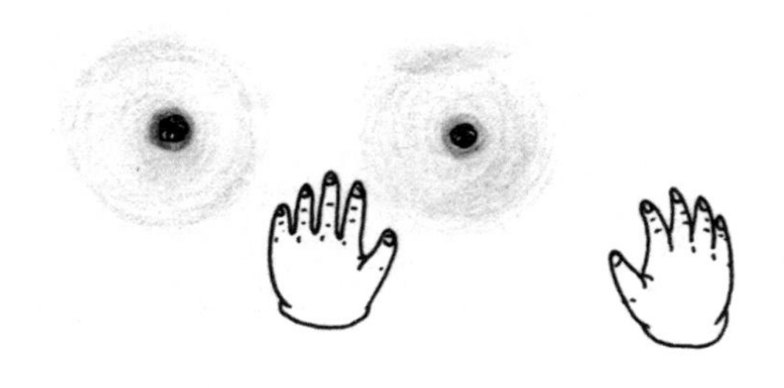

24 그리우면 닮아간다

남자도 중년이 되면 가슴이 나온다. 여성호르몬이 분비되면서 여성화되는 것이다. 그리우면, 그렇게 닮아가는 것이다.

[25] 벗은 것을 다시 벗는 일

"바리케이드 위에서 한 젊은 여자가 심각한 얼굴로 가슴을 드러내놓고 겁을 주고 있다. 그 여자 옆에는 권총한 자루를 손에 쥔 코흘리개가 있다." 쿤데라가 들라크루아의 〈민중을 이끄는 자유의 여신〉을 보고 단 촌평이다. 젖가슴이 해방의 상징이 된 것은 그것을 '꼭꼭 여미어야' 했던 시절의 일이다. 그것도 자기만 열어보겠다고 설치던 수컷들의 시절의 일. 이제 그것은 공유 시선의 몫이다. 해방이 거기서도 오지 않는다면 이제 우리는 무엇을 더 벗어야 하는 걸까.

앉다

엉덩이

볼기

엉덩이

: 볼기와 이어진 위쪽으로 이루어진 부분.

볼기

: 뒤쪽 허리 아래 엉덩이 부분과 이어져, 허벅다리 위 좌우로 살이 둥글게 솟은 부분. 엉덩이 아래로서, 앉으면 바닥에 닿는 근육이 많은 부분이다. 둔부臀部라고도 한다. 위로 장골릉腸骨稜과, 아래로 둔구臀溝와 경계를 이룬다. 볼기 사이가 깊이 패어 있는데, 안쪽에 항문이 있다. 둔근臀筋, 특히 대둔근이 발달해서 볼록하다. 대둔근은 직립 자세를 취하는데 큰 역할을 하며, 그 아래에 중둔근, 소둔근이 겹쳐 있다. 피하지방이 많다.

[1] 몸과 꼬리는 어느 것이 더 무거운가? A

인정하자. 여자만 보면 흔들리는 꼬리. 다만 꼬리가 몸을 흔들지만 못하게 하면 된다.

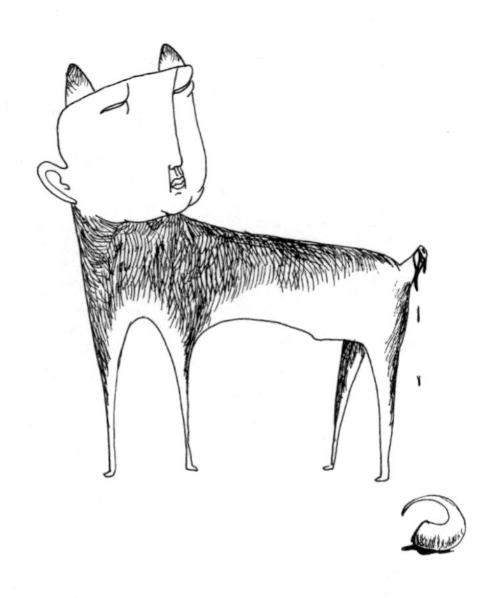

2 몸과 꼬리는 어느 것이 더 무거운가? B

꼬리로 전 존재를 대표하는 일, 가령 다음과 같은 노래: "영감은 할멈 치고 할멈은 아 치고 아는 개 치고 개는 꼬리치고 꼬리는 마당 치고 마당 가녘에 수양버들은 바람을 받아치는데 우리 집의 그대는 낮잠만 자느냐."(정선아리랑)

3 소용돌이

그녀가 앉았다 떠난 자리에 남은 두 개의 파문. 조용히 번지며 내게로 건너오는 어떤 와중渦中이다.

4 호모에렉투스

당신을 떠받치는 직립의 힘은 당신 뒤의 대둔근大臀筋에서 나온다. 당신이 바로 섰을 때, 손바닥 모양의 그 근육이 당신을 업은 것처럼 당신 뒤를 감싸는 것이다. 누군가 온 힘으로 당신을 떠받들고 있다는 것, 그것이 직립의 힘이다.

5 출렁임, 출렁임

저 처진 엉덩이는 무언가를 감춘다. 저 여자는 너무 무거운 슬픔을 끌고 다닌다. 저 출렁임은 다른 세상의 시니피앙이다. 그 여자의 몸은 이미 마음 바깥까지 흘러나와 그녀는 옛 윤곽을 제 몸속에 감추어버렸다.

6 겨우 존재하는 것들

부사副詞 혹은 관형사冠形詞 존재론에 관해 생각해볼 것. 그것은 의미의 창조와 소멸에 관계된 것이 아니라, 그것의 증감, 이동, 변형에 관계된 것이다. 실체명사와 그 그림자대명사에 관한 존재론이 있었고, 움직임동사이나 상황형용사에 관한 존재론이 있었으나, 기생寄生 혹은 기숙에 관한 존재론은 없었다. 그것은 근본적으로 +, −, =와 같은 연산식으로 표시된다. 다시 말해, 의미의 증가와 감소 혹은 반복을 통한 존재론일 것이다. 겨우 존재하는 것들, 연민 없이는 대할 수 없는 것들, 흐릿한 눈으로 볼 때 더 잘 보이는 것들. 당신의 뒤에서, 좌우로 흔들리며, 당신을 천천히 따라가는 엉덩이 같은.

[7] 지나간 것 A

잡풀은 이전의 오솔길을 돌보지 않을 것이다. 의자는 눌린 엉덩이 자국을 기억하지 않을 것이다. 달력에 둥글게 덧칠한 탯줄은 이전의 날짜를 기념하지 않을 것이다. 지나간 것은 그렇게, 정말로 지나간 것이다.

8 지나간 것 B

떠나간 버스는, 내가 다음 버스를 집어타고 쫓아가도, 나보다 늘 두 블록을 앞서간다.

9 광장에서

사내에겐 하반신 전체가 방석이었다. 허리 아래에 폐타이어를 붙이고 청량리 광장을 건너오던 사내. 조그만 손수레를 끌면서, 저 높은 곳을 향하여, 노래를 부르고 있었다. 가다가 멈추면 거기가 좌석이었다. 넘어진 김에 쉬어가는 게 아니라, 넘어진 채 걷고 걸으면서 쉬고 있었다.

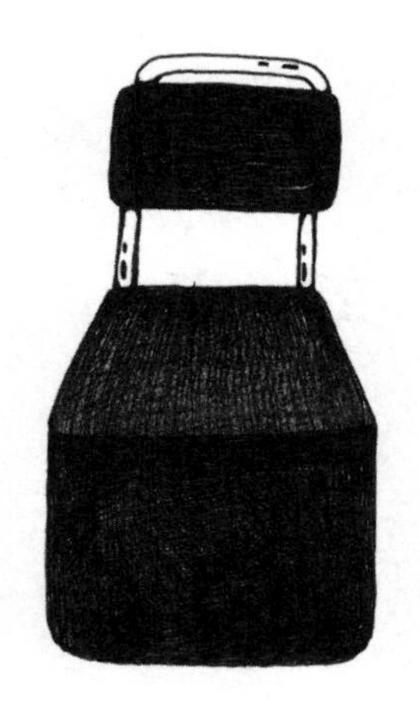

10 삼겹살집에서

껍질에 붙은 군청색 인장印章을 보니, 이 부분은 엉덩이로군요. 송아지처럼 불판 위에서 지글지글 끓으며 우는 것이로군요. 펄쩍펄쩍 뛰면서, 당신과 나와 또 그 옛날의 그이처럼 한데 얼려 타들어가는 것이군요. 이 부분도 나처럼 당신처럼 또 그 옛날의 그이처럼 견디고 있었군요.

11 기도의 형식 A

"기도의 형식으로 나는 만났다/ 버리고 버림받았다 기도의 형식으로/ 나는 손잡고 입맞추고 여러 번 죽고 여러 번/ 태어났다."(이성복) 기도의 형식으로, 다시 말해서 간절하게 혹은 정상위正常位로.

12 기도의 형식 B

설거지를 마치고 엎어놓은 식기들이 땀을 흘리고 있다.

13 갈 수 없는 나라

아파트 화단 한구석에서 쪼그려앉아 오줌 누는 여자처럼, 새벽 두시는 요소尿素들로 독하다. 눅진한 땅 위엔 지상에 속해 있지 않은 나라가 그려져 있다. 그곳의 반도와 만과 산맥과 평야를 대칸大汗처럼 내려다보며, 두 뼘 만에 사막을 가로지르는 꿈을 꾸며, 나는 방천극方天戟보다는 언월도偃月刀가 내 손에 맞는다고 생각했었다. 고1 때 일이다. 물론 그 시절은 꿈과 함께 사라졌다. 아파트 화단 한구석에 상상의 지도를 남기고 사라진 그 여자처럼.

14 동음이의어법으로 울다

퍼질러앉아 우는 아낙이란 말. '퍼지르다' 라는 말에는 무언가 '저질러' 버린 게 있다. 혹은 '질펀' 한 울음 같은 게 있다. '우는'과 '아낙'이 그렇게 만나듯이.

15 순장의 꿈

바로 눕든 엎드리든, 그녀는 두 개의 무덤입니다. 거기에 순장殉葬되고 싶었습니다. 이 바닥이 칠성판이라면 좋겠습니다.

16 빗살무늬토기

“얼음 위에 댓잎 자리 보아, 임과 나와 얼어”(만전춘) 붙을 때, 엉덩이는 임을 담는 큰 그릇이다. 댓잎을 새긴 그릇이다.

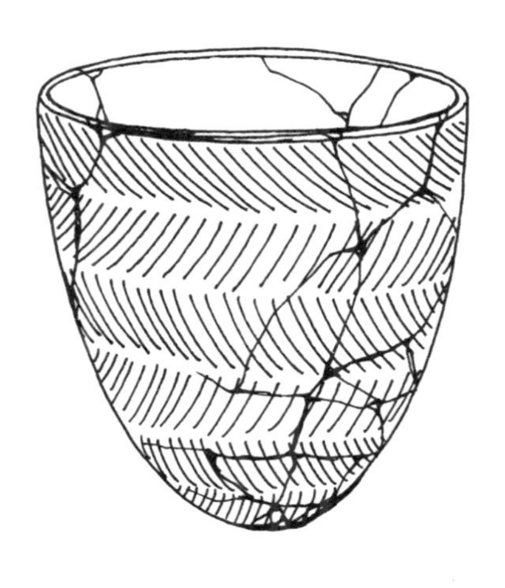

17 아녀자들에게 말하는 법

내 고향 충청도 사람들 성격 얘기할 때, 꼭 하는 말이 "그땐, 자네, 그러는 게 아녀." 분해서 입이 막히고 얼굴빛이 푸르러졌어도 몇 년 후에 하는 말이 "그러는 게 아녀." 아, 괄약근으로 말할 줄 아는 사람들. 껌을 씹듯 엉덩이를 들썩거리며 나도 그대에게 중얼거려본다. "사람이, 그러는 게 아녀."

18 부복俯伏한 사람들

엎어둔 항아리는 밑 빠진 항아리보다 더해요. 밑 빠진 항아리는 아래만 수선하면 되지만, 엎어둔 항아리는 주둥이까지 막혀 있어요. 성은이 망극해요. 그 말밖에 몰라요.

19 취중진담 A

고백은 참지 못하고 쏟아내는 누설漏泄이다. 술 먹은 다음날이면, 나는 정말로, 하지만 다른 방식으로 고백하고 싶어진다.

20 취중진담 B

'밑도 끝도 없이' 쏟아내는 자, 술에 취해서나 술에서 깬 다음날이나 마찬가지다.

21 미주알고주알 A

'미주알'은 똥꼬를 말하는데, '고주알'에는 뜻이 없다. '미주알고주알'이란 '아주 하찮은 일까지 속속들이'라는 뜻이다. 그렇다면 '고주알'은 미주알 주변에 붙은, 사소하고 하찮은 부스러기를 말하는 게 아닐까? 미주알을 잘 쓰다듬어야 고주알이 따라온다는, 뭐 그런 용례.

22 미주알고주알 B

아침마다 제 몸을 제 안에 넣으려 애쓰는 사람들이 있다. 부드러움이 몸밖으로 넘쳐난 사람들이다. 부드러운 게 가장 아프다는 걸 가장 잘 아는 사람들이다.

23 빅뱅 A

초끈이론에 따르면 우주 만물은 진동하는 끈으로 이루어져 있다고 한다. 그럴 듯한 생각이다. 우리 모두는 단 한 번, 부르르 떤, 그분의 엉덩이에서 비롯하지 않았는가?

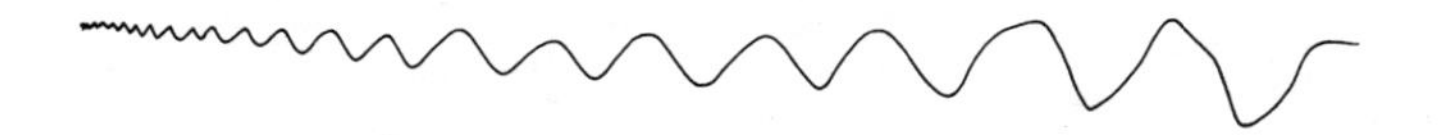

24 빅뱅 B

빅뱅대폭발이론이 제안된 것은 우주의 은하들이 서로 멀어지고 있다는 사실이 확인되었기 때문이다. 벌어지는 엉덩이처럼. 무한히 멀어져가는 그 사람도 마찬가지다. 그와 나는 반드시 만났었음에 틀림이 없다. 한 중심을 가진 엉덩이처럼.

25 빅뱅 C

우리 우주는 끈이 아니라 막brane으로 이루어져 있다고도 말한다. 팬티보다 훨씬 얇은 막이 우주를 가리고 있다고. 끈도 모르겠는데, 막은 또 뭐냐고? 머리가 아파죽겠다고? 내 말이!

26 공즉시색空卽是色 A

당신이 앉은 곳은 어디든 아랫목이다. 앉으면 중심이 잡히지만, 사실 당신의 무게중심은 허공이다. 정말로 무게가 빠져나가기도 한다. 양변기에서 허공을 보지 말자. 양변기는 그냥 당신을 흉내내고 있었을 뿐이다.

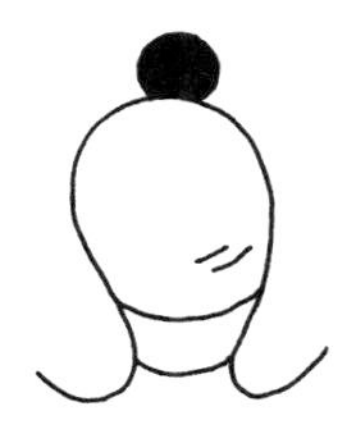

27 공즉시색空卽是色 B

그러므로 당신의 구멍에서 나간 실체들에는 색이 있다. 주로 진한 노란색이다.

28 좌충우돌

어느 날엔가, 그분이 잘했다고 제 엉덩이를 두들겨주었죠. 또 어느 날엔가는, 그분이 잘못했다고 엉덩이를 두들겼어요. 어느 쪽이 전자고 어느 쪽이 후자였는지는 잘 기억이 나지 않아요. 사실 엉덩이가 무슨 생각을 했겠어요? 그냥 씰룩였을 뿐이죠.

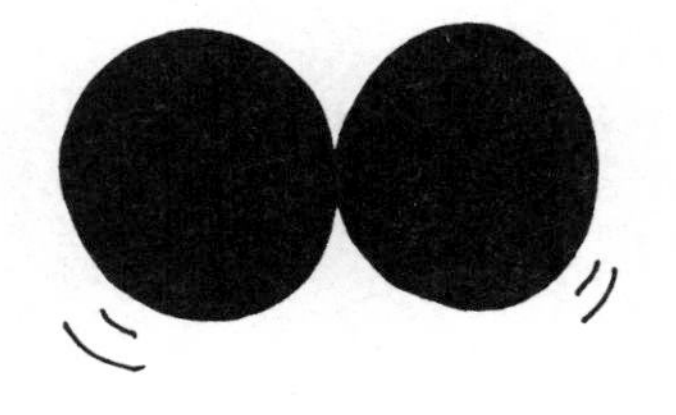

29 삼단논법

방귀 뀐 놈이 성낸다. 방귀 잦으면 똥 싼다. 그러므로 성질 자꾸 부리는 인간, 그거 똥싸개다.

달아오르다

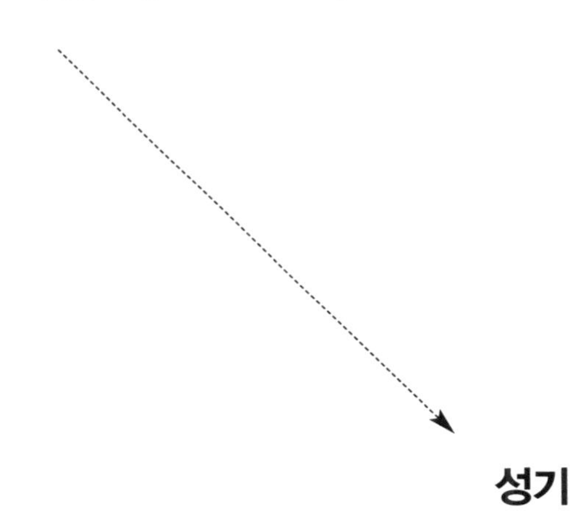

성기

: 생식에 쓰이는 기관. 남녀가 다른 모양을 하고 있다. 생식선生殖腺과 부속기관으로 나뉜다. 생식선은 난자와 정자를 생산하는 난소와 정소精巢:고환이며, 부속기관은 이를 배우자에게 옮기는 관管으로 이루어져 있다.

1 중심의 괴로움

"봄에/ 가만 보니/ 꽃대가 흔들린다// 흙 밑으로부터/ 밀고 올라오던 치열한/ 중심의 힘/ 꽃 피어/ 퍼지려/ 사방으로 흩어지려// 괴롭다/ 흔들린다."(김지하) 여기에 김지하가 감당해야 했던 삶의 무게 전부가 걸려서, 흔들린다. 그는 살아온 이력을 모두 걸고서 「중심의 괴로움」에 관해 말했다. 큰 시인에게는 말하기 민망하지만, 밤마다 새벽마다, 나도 그렇다.

2 폭포 앞에서

모든 정지停止는 절정의 형식이다. 거기서는 말을 멈추어야 한다. 아무 말도 보태지 말아야 한다.

3 어두운 숲에 대한 기억

내 안에 가득하던 숲, 사실은 이끼였는지도 모른다.

4 천일야화 千一夜話

어렵게 첫사랑 얘기 꺼낸 총각 선생에게 "진도 나가요!" 손들고 이야기하는 아이가 꼭 있다. 그래, 썰렁한 말이지만 진도는 나가야 한다. 첫날밤, 둘째 날 밤, 셋째 날 밤…… 그렇게 천일야화를 지어야 한다.

5 마중나온다는 것

펌프로 물을 퍼올릴 때, 미리 부어 수압水壓을 맞추는 물을 마중물이라 부른다. 물론 이 말에서 내가 떠올리는 것은 고작 펌프 따위가 아니다.

6 배웅한다는 것

헌데서 고름이 빠진 후에 흐르는 물을 고장물이라 부른다. 상처가 나면, 눈물 콧물에 이어 마지막으로 나오는 바로 그 물이다.

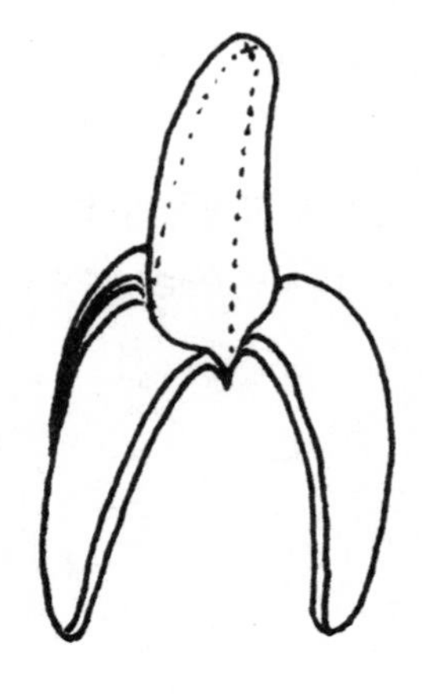

7 바닐라

아스텍인들은 트릴호키틀검은 꽃이라 부르는 작은 콩의 가루를 초콜릿에 섞어 먹었다. 스페인인들이 이 콩의 생김새를 보고 질vagina을 본떠 바닐라vanilla라 이름 지었다. 생긴 것만 그런 것이 아니다. 그 달콤함에 견줄 수 있는 것이 그 말고 또 무엇이 있었겠는가.

8 진로眞露를 먹는 사람

이슬받이란 말이 있다. 이슬이 내릴 무렵을 이르기도 하고, 이슬이 맺힌 오솔길을 부르는 말이기도 하며, 이슬이 내린 풀숲을 걸을 때 아랫도리에 둘러 입는 도롱이를 일컫기도 하고, 그런 길을 앞장서 걷는 이를 지칭하기도 하기도, 이슬을 터는 막대기를 이렇게 부르기도 한다. 이슬받이를 남편의 별칭으로 보아도 좋겠다. 이슬에는 '월경이나 해산 전에 나오는 노란 액체'란 뜻이 숨어 있는 까닭이다.

9 첫번째 구멍

"우리 정신은 잊기 위해 수많은 구멍이 나 있다. 그렇다면 나 자신, 세월의 흐름 속에서 생기는 비극적 풍화작용 아래서, 나는 베아트리스의 흔적을 거짓으로 꾸며내면서 잃어버리고 있는 것이다."(보르헤스) 문제는 그 구멍이 나라는 것이다. 나는 잊기 위해 사랑하고 사랑하기 위해 잊는다.

10 두번째 구멍

그러나 베아트리스는 죽었다. 기억이 사실이라면 기억은 그녀의 현존을 담고 있어야 한다. 아니, 그녀의 부재가 진실이라면 지금 내 기억은 거짓일 것이다. 나는 망각을 기억한다.

11 세번째 구멍

다 털렸으니, 이제 채워넣기만 하면 된다. 가령 존재를 구멍으로 인식하는 일: "앞산에 딱따구리는 생나무 등걸도 뚫는데 우리집 저 멍텅구리는 뚫어진 구멍도 못 찾네."(정선아리랑) 내 두 구멍에서, 눈물난다.

12 처녀에 관하여 A

왜 처녀處女에는 장소 개념이 있을까. 아마도 여자를 정복 가능한 땅으로 여기는 사고방식 때문일 것이다. 처녀성, 처녀막, 처녀비행, 처녀 출판, 처녀작, 처녀항해, 처녀지, 처녀림…… 역겨운 관용어들이다.

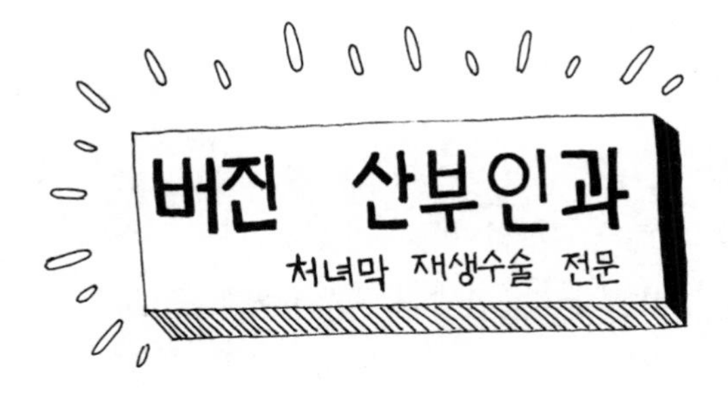

13 처녀에 관하여 B

데리다는 자신의 철학 체계를 드러내는 비유어 가운데 하나로 처녀막을 들었다. 처녀막은 찢어짐으로써 단 한 번, 제 존재를 드러낸다. 처녀막은 처녀의 상징이면서, 동시에 처녀의 파괴이다. 그건 있으면서 없다. 아니, 없어져야 있다. 그러니, 제발 그런 데 집착하는 못난 짓은 말았으면 좋겠다.

14 처녀에 관하여 C

"그와 나와 몸으로 한데 모여서 살 수는 없다. 이미 동정을 잃어버린 그와 나와는 하나로 합하여질 수는 없는 것이다. ……더구나 여자는 한 번 남자를 접하면 그 혈액에까지 그 남자의 피엣것이 들어가 온몸의 조직에 변화를 일으킨다고 한다. ……사람은, 그중에도 여자는 평생에 한 번만 이성을 사랑하게 마련된 것 같다. ……두 번, 세번째 사랑은 암만해도 김이 빠진, 어딘지 모르나 꺼림칙한 구석이 있는 사랑이다."(이광수) 이런 생각을 하는 사람이, 평생 이런 생각을 장편소설로 쓰고 쓰고 또 썼다. 사랑의 역사에서는, 이 사람에게 친일한 죄만 묻지는 않을 것이다.

15 순환선

쾌락주의자로 알려진 에피쿠로스는 일흔두 살에 설사를 자주 하고 오줌이 나오지 않는 병에 걸려 죽었다. 진정한 즐거움은 쌀 때 싸고 멈출 때 멈추는 것이다. 물론 이 말을 비유로만 해석해야지 육체 얘기에 적용해선 안 된다. 다르게 말해서, 쌀 때 싸고 멈출 때 멈추어야 한다.

16 알리바이 A

탈수기 속의 옷들 가운데 나도 포함되고 싶었어요. 땀과 물을 다 쏟은 후에 마른 몸으로 걸어나오고 싶었어요.

17 알리바이 B

일렬로 누운 검은 머리카락 사이에서 보이는 새치. 이제는 내가 누울 시간이다.

18 알리바이 C

성교 후에 잠이 오는 것은, 쏟아낸 정자들을 보존하기 위해서라고 한다. 창밖을 보니, 조각구름 하나 떠 있다. 손가락 끝으로 문지르면 묻어날 것만 같다. 시멘트 바닥에 비벼 끈 작은 욕정 같은.

19 질투에 관하여

노자老子의 아내를 친구가 가로챘다. 노자는 친구 집에서 친구가 아내와 부둥켜안은 채 뒹굴고 있는 장면을 목격했다. 그는 아내가 자신과 다른 남자를 동시에 사랑할 권리가 있으며, 여기에 아무 나쁜 마음도 품지 않아야 한다고 생각했다. 어디서 많이 들은 말 같지 않은가? 역신에게 아내를 빼앗겼던 처용이 부른 노래 말이다. "들어와 자리를 보니 다리가 넷이로구나. 둘은 내 것인데, 둘은 누구 것인고? 본디 내 것이지만, 빼앗긴 걸 어쩌겠는가?"(처용가) 노자도 처용도 대단한 사람이다. 질투를 이기면 초월하거나 병에 걸리지 않는다. 물론 등신이란 소리는 듣겠지만.

20 네가 누운 곳에 내 머리를 누일 수 있다면……

함께 사는 여자들 사이에서 생리 주기가 일치하는 경향을 매클린토크 효과라 부른다. 정말로 몸의 주기를 맞추는 것이다. 그렇게 너와 함께 누울 수 있다면, 같은 천장을 보며 도란도란 이야기할 수 있다면……

21 섹스와 계단의 공통점

프로이트는 계단을 오르내리는 꿈이 성교와 관련된 꿈이라고 생각했다. 계단과 성교에는 어떤 공통점이 있다. 이를테면 규칙적인 하체의 반복 운동 같은 거. 나는 거기에 계단과 성교의 추상성을 덧붙이고 싶다. 이를테면 오르가슴의 그래프 같은 거. 물론 이건 간단한 실례일 수도 있다. 계단을 다 오르고 나면 숨이 차니까.

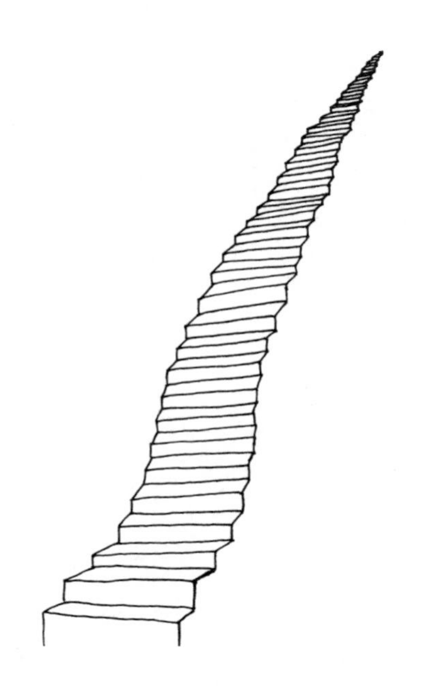

22 섹스와 포옹의 차이점

"나는 섹스보다 이렇게 안고 있는 게 좋다. 이게 영원처럼 느껴진다."(김영하) 흡혈귀가 되어버린 남자가 여자에게 속삭인다. 섹스가 동작태라면, 포옹은 지속태다. 동작에는 처음과 끝이 있으나, 지속은 그냥 지속일 뿐이다. 그래서 섹스가 제한적이라면, 포옹은 초월적이다. 지속은 늘 순수지속이다. 사랑하는 이를 안고 있는 것, 그것만으로도 당신은 불멸의 엠블럼Emblem을 갖게 되는 것이다.

23 야곱의 사다리

들판에서 돌베개를 베고 누운 야곱이 꿈에서 하늘까지 난 사다리와, 그 사다리를 오르내리는 천사들을 보았다. 하느님이 그 위에서 야곱에게 축복했다. "이 땅을 너와 네 후손에게 주겠다. 네 후손이 땅의 티끌처럼 많아질 것이다." 이 사다리 역시 세계수世界樹다. 다른 말로 발기한 남근이다. 보라, 프로이트 말처럼 오르내리고 있지 않은가? 누운 곳이 잠자리 아닌가? 여기서 수많은 자손이 생겨나지 않았는가?

24 여성 상위 시대

아담에게는 이브보다 먼저 첫째 부인이 있었다. 우리가 아담과 이브의 자식이니, 이 얘기대로라면 모든 인류는 서얼이다. 릴리트란 이름의 이 여자는 페미니스트였다. 그녀는 잠자리에서 아담이 제 몸 위에 있으려 한다는 이유로, 다시 말해 여성이 올라탄 체위를 남성이 거절했다는 이유로 그를 차버렸다. 옛날 남자들의 상상력, 정말 대단하다. 잠자리에서도 여성을 깔고 있어야 한다니, 어떻게 이런 옹졸함을 신화적 역사의 최초에 박아넣고 거듭해서, 벌거벗은 채, 망신을 당할까?

25 그대 안의 바다 A

프로이트의 제자인 페렌치는 "남성은 여성의 자궁에서 청어 냄새가 나기 때문에 여성과 섹스를 한다"고 주장했다. 여성은 왜 남성과 섹스를 하느냐고 반문한다면 아무 대답도 못 했겠지만, 적어도 페렌치가 한 가지는 알았다. 여성의 몸속에는 바다가 숨어 있다는 것, 그곳이 생명의 모태라는 것. 우리 모두는 양수라 불리는 그 바다에서 났다.

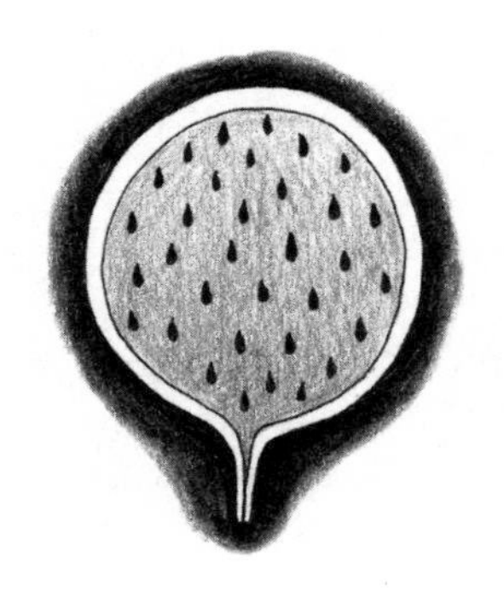

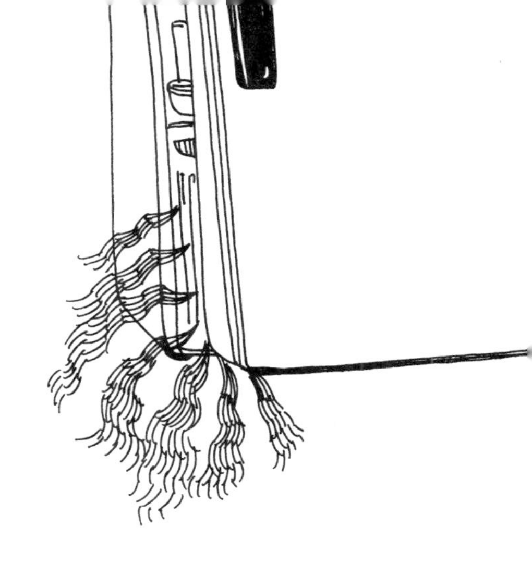

26 그대 안의 바다 B

하마도 키우지 않고 락앤락도 없던 시절, 냉장고는 그 무엇보다도 냄새의 냉장 보관소였다. 문을 열 때마다 김치와 다진 마늘과 고등어가 쏟아져나왔다. 어머니는 여전하신데, 날씬했던 아버지는 돌아가시기 전에 36 사이즈까지 부풀어올랐다. 이 나이가 되고 나서야 왜 그분이 냉장고 여닫는 일을 마다하지 않았는지 알 것 같다. 호기심이 너무 뚱뚱했던 탓이다.

27 그대 안의 바다 C

에스파냐인들이 성모상과 십자가상을 주자 타이노족 인디언들은 거기에 오줌을 눈 다음 땅에 묻었다. 땅의 생산력을 높이는 성물이라 생각했기 때문이다. 물론 백인들은 그들을 처형했다. 아, 무지한 백인들, 문희의 오줌 꿈 얘기만 들었어도!

28 금기에 관하여

동굴에 들어간 연인이 있었다. 남자가 여자를 유혹하려하자, 여자가 다급하게 "안 돼요"라고 외쳤다. 여자의 목소리가 동굴 벽에 울려 메아리를 이루었다. "안 돼요, 돼요, 돼요……" 이 썰렁한 농담에도 진실이 있다. 금기란 부정의 형식을 띤 유혹이다. "하지 마!Do not~"란 명령 속에는 반드시 "해!Do~"라는 외설적인 요청이 숨어 있다. 금기의 기능은 이 요청을 무대에 올리는 일이다. 금기禁忌가 금기金器였던 셈이다.

29 어휘 공부

거웃과 기웃대다는 확실히 같은 뿌리를 가졌을 것이다. 샅에도 살이 있듯. 감기를 개좆불이라 부를 때 그 홧홧한 느낌이 그렇듯, 가래톳이 생겼을 때 확 뱉어버리고 싶듯.

30 부자지간父子之間

부자지 사이에 맺어진 관계. 당신이 남자라면 공놀이 하듯, 이어받은 성姓을 다음 사람에게 건네야 하는 일방 계약.

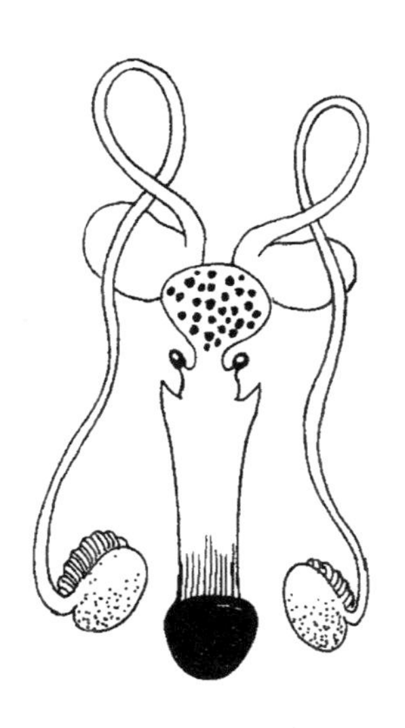

31 자위대自衛隊 생각

자위自慰는 무성생식을 흉내내는 진화상의 기억흔적이다. 그렇다면 저 자위대는 아메바처럼 혼자서도 커져가는 제국주의의 기억흔적이 아닐까? 아메바에게는 뇌가 없으니 기억이 있을 리 없다. 기억이 있을 리 없으니 전철前轍이 무엇인지도 모를 것이다.

32 광우병 생각

아메바에게는 뇌가 없지만, 광우병에 걸린 소의 뇌는 구멍이 숭숭 뚫린 채 녹아내린다. 소의 뇌나 골수에 프리온이란 변형단백질이 1그램만 있어도 그것을 먹은 이들은 광우병에 걸린다. 월 스트리트의 상징이 황소인데, 엉덩이만한 머리에 뒤틀린 자세가 꼭 발정난 것만 같다. 발정이 났으니 미친 소라 불러도 잘못은 아닐 것이다.

33 음모론

외화 〈X파일〉을 지탱하는 것은 음모론이다. 보이지 않는 세력의 음모가 세상을 에워싸고 있다는 것이다. 남녀 주인공이 이 음모를 분쇄하기 위해 동분서주하지만 그들의 음모는 너무 거대하고 강력하다. 두 남녀는 거기서 헤어날 수가 없다. 화장실에 가면 W, X, Y 이런 걸 그려놓은 그림이 꼭 있다. 이 음모론도 무시무시하다. 사춘기만 되면 세상 모든 남녀가 그 음모에 걸려들어, 평생을 빠져나오지 못한다.

34 너 자신을 알라큰 소리로

소크라테스의 교수 방법을 산파술이라 부른다. "애, 애, 애 나온다. 좀만 더 힘을 줘." 옆에서 소리지르는 것만으로 생산에 보탬이 되다니, 대단한 사람이다.

35 방충망 앞에서

모자이크가 먼지가 잔뜩 낀 속옷이라는 걸 가르쳐준 건 연소자관람불가 영화였습니다. 나방처럼 그 방안에 들어가고 싶었습니다만, 아, 그 안은 너무 촘촘했어요.

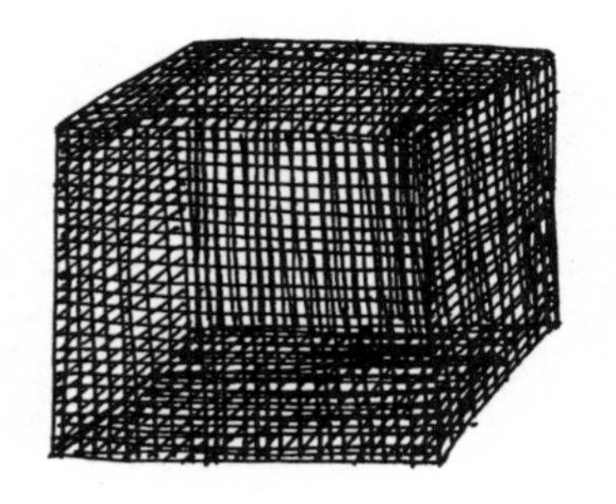

36 맷돌에 관한 우화

그대가 나를 받쳐준다면, 나는 공중부양도 가능할 거다. 정말로, 둥둥 떠다닐 거다. 천천히 회전하며, 비지까지 얻을 거다.

37 "거북아 거북아 머리를 내어라"(구지가)

거북이 머리를 한자로 귀두龜頭라 쓴다. 그가 머리를 내면, '알'에서 '몸'이 태어날 게다.

38 나무들의 기억

가을이 나무들의 발정기라는 생각. 벌겋게 달아오른 다음, 확 벗어버린다.

39 벌레 같은

학질모기나 왕바퀴 같은 곤충은 서로 반대쪽을 향한 채 교미를 한다. 서로를 보지 않아야 견디는 삶도 있는 거다. 자식들만 아니면, 벌써 날아가버렸을 거라는 얘기다.

40 벌레만도 못한

빈대 수컷은 칼처럼 날카로운 생식기를 암컷 몸 아무데나 찔러넣고 정액을 방출한다고 한다. 곤충 세계에도 강간범이 있는 거다. 어휴, 하지만 빈대는 손가락으로 눌러 죽이기라도 하지.

41 "삽질하네"

민망하도다, 나는 외삽外揷했을 뿐이다.

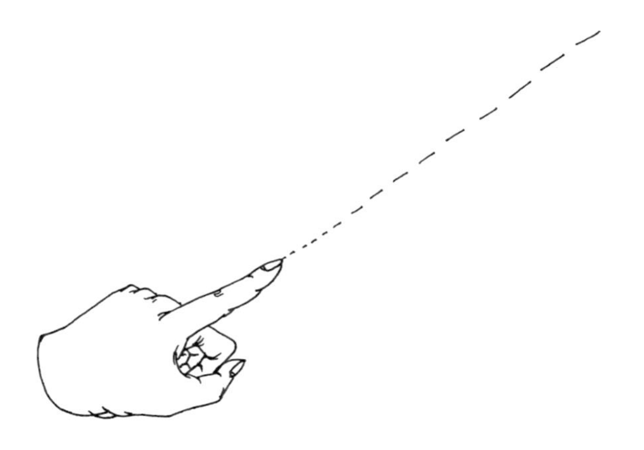

42 달을 가리켰는데 손가락은 왜 보나?

논현역 뒷골목에서 벌거벗은 채, 두 손으로 제 앞을 가린 채, 민망하게 뛰어가는 사내를 보았다. 벗을 거면 앞은 왜 가리나? 다른 사내들이 웃으며 뒤에 대고 말을 붙였다. 하지만 사내는 거기를 보지 말라고, 다른 옷도 벗어버린 거다. 자고 일어났더니 누가 이부자리를 걷어가버린 그런 날도 있는 거다.

43 달이라는 경전 A

달은 자전과 공전주기가 같아서 뒷면을 보여주지 않는다. 완벽하다. 얼굴은 얼굴, 엉덩이는 엉덩이라는 거다. 다른 이에게 돌아서는 것과 다른 이 주변을 맴도는 일이 똑같다는 거다. 그래서 그 주기가 지상의 주기와 똑같은 거다. 놀라운 가르침이다. 정전正典이다. 월경月經은 있어도 일경日經 따위는 없는 거다.

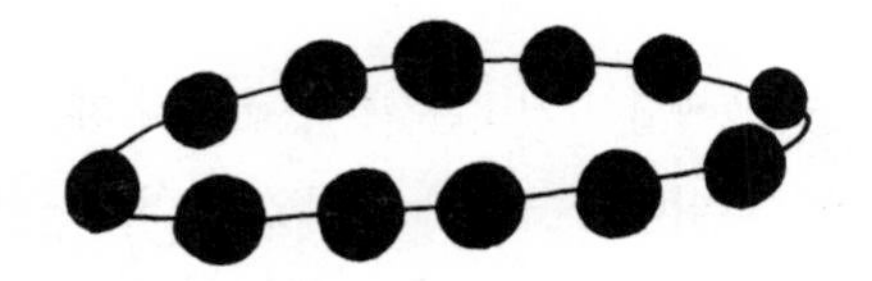

44 달이라는 경전 B

그것이 삶의 이치生理다.

45 베스트셀러의 날

해리 포터에서 간달프까지, 이국의 마술사魔術師들이 한 달에 한 번씩 이 땅에도 출현한다오.

46 방아타령

'가는 며느리가 방아 찧어놓고 가랴'는 속담이 있죠. 사실 그 며느리는 찧지 않은 게 아니라 찧을 수 없었던 거랍니다. 방아는 며느리가 아니라 공이가 찧는 것이니까요.

47 봄날은 간다

기차는 이미 떠났다. 기적은 없었다.

48 유모가 전하는 말

성인 남성에게는 무모증이 없다고 한다. 당연한 일이다. 남성의 삶 자체가 무모한데, 따로 무모할 일이 뭐가 있겠나?

닿다

피부

: 몸 표면을 덮고 있는 피막皮膜으로, 외부로부터 신체를 보호하고 촉각과 기온을 감지한다. 두 층으로 이루어져 있는데, 위층을 표피, 아래층을 진피라 부른다. 표피는 두께가 0.07~0.12밀리미터 정도이며, 비늘 모양의 편평상피세포로 이루어져 있다. 아래서 만들어져 차츰 위로 올라오며 맨 위로 올라오면 죽어서 떨어져나간다. 진피에는 신경 말단, 땀샘, 모낭毛囊, 혈관과 림프관이 있으며, 두께는 1~2밀리미터 정도다. 진피는 쿠션 역할을 하기 때문에 외부의 충격에서 몸을 보호해주기도 한다. 손톱, 발톱, 머리카락도 피부의 일종이다.

[1] 햇살

아기의 살결이 눈부신 이유는 그해에 처음 난, 살결을 하고 있어서다.

2 사마귀

사마귀 암컷이 교미중에 수컷을 잡아먹는다는 사실은 잘 알려져 있다. 암컷이 수컷의 머리를 잡아뜯으면, 수컷은 자율신경만으로 더욱 빠르고 세차게 절정에 오른다. 억누르는 의식을 잃으니 억눌린 성욕이 분출하는 것이다. 우리 몸 여기저기에 난, 그 작고 납작하고 동그란 군살도 상대방의 손길을 기다리는 일종의 스위치다.

3 팔복八福 A

"통점痛點에서 꽃이 핀다."(홍은택) 이 멋진 잠언에서 피멍을 떠올린다면, 당신은 긍휼한 사람이다.

4 팔복八福 B

조폭들이 지방 덩어리인 살을 찌우는 것은 칼날을 받아내기 위해서라고 한다. 세상에, 칼날을 사랑하는 굳기름이라니! 자기 배로 칼날을 닦고 조이고 기름칠하다니!

5 팔복八福 C

수고하고 무거운 짐 진 자들은 복이 있나니, 저들이 비지와 땀을 얻을 것이다.

6 팔복八福 D

청천 하늘엔 잔별도 많고, 이내 몸에는 잔털도 많네.

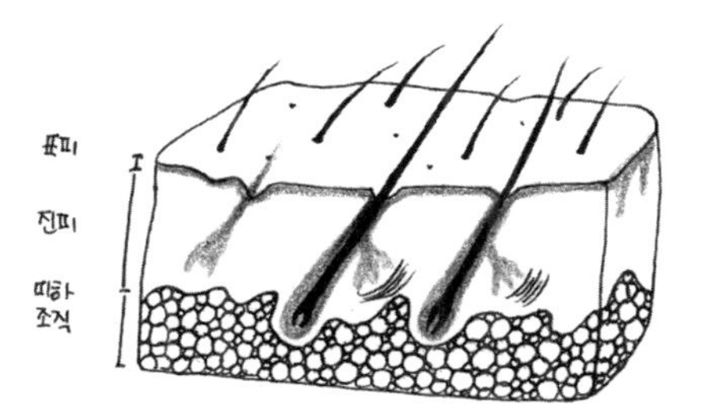

7 아름드리

검버섯은 노구老軀에만 붙어서 핀다. 식용은 아니지만, 적어도 당신이 살아 있는 아름드리 거목이라는 것을 보여주는 더할 나위 없는 증거다.

8 삯바느질

"벌어진 몸의 상처를/ 몸이 자연스럽게 꿰매고 있다./ 금실도 금바늘도 안 보이지만/ 상처를 밤낮없이 튼튼하게 꿰매고 있는/ 이 몸의 신비,/ 혹은 사랑."(최승호) 그렇구나. 내 몸이 젊으실 적 어머니 흉내를 내고 있었구나.

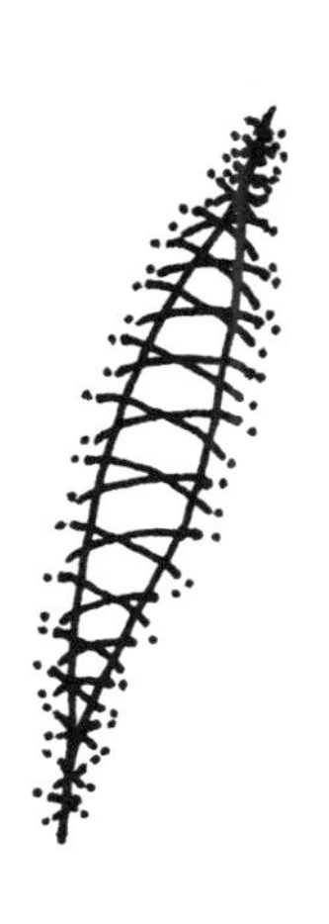

9 주름 A

주름은 물론 몸에 난 길이다. 여러 번 지나치면 거듭해서 소로와 대로가 난다. 그 길을 밟고, 그가 아니면 그녀가 내게로 왔었을 것이다.

10 주름 B

노인정에 나와 앉은 분들이 해바라기를 자주 하는 것은 표면적이 넓기 때문이다. 젊은 사람들보다 촘촘하게 볕을 채워넣을 수 있기 때문이다. 몸안의 창자가 그러하듯이.

11 집과 몸

방안에 쌓이는 희고 고운 먼지는 대개 사람의 죽은 피부 조각입니다. 집이 몸이라는 것, 내가 벗은 몸으로 다닌 곳에 내 몸이 있다는 것, 그곳이 내 몸 외에는 다른 게 아니라는 뜻입니다.

12 소용돌이를 품는다는 것

목성에는 크고 붉은 얼룩이 있다. 이 대적반大赤斑은 목성 대기의 태풍이다. 내 얼굴의 얼룩도, 내가 한 번은 크게 휘둘렸다는 뜻이다. 열 손가락의 지문이 그러했듯이, 네게 닿을 때 내 손이 그랬듯이.

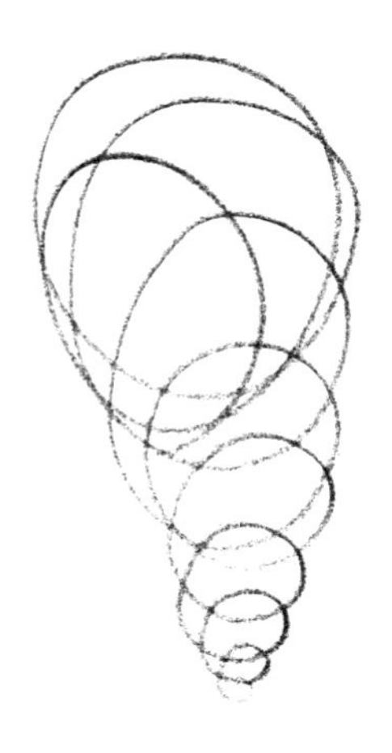

13 물살 A

처음 당신에게 깊이 잠겨들었을 때 당신 안에서 물컹, 하는 게 있었죠. 하지만 당신에게도 내게도 물의 뼈가 없었습니다. 당신은 날 지탱하는 어떤 힘도 아니었어요.

14 물살 B

그대를 다 들이켜고 싶은 욕심에 공연히 물배만 불렀답니다.

15 물살 C

그는 자꾸 몸이 불어난다고 걱정한다. “요즘은 물만 마셔도 살이 쪄.” 세월의 물살이 그에게 자꾸 흘러들어간 것이다.

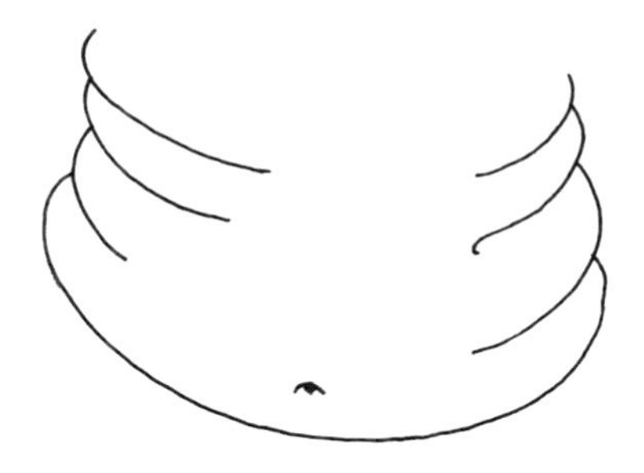

16 밀고 당기기

손가락으로 눌렀는데 복구되지 않는 피부는 죽은 피부다. 당신의 구애를 튕기는 그 사람이 바로 살아 있다는 얘기다.

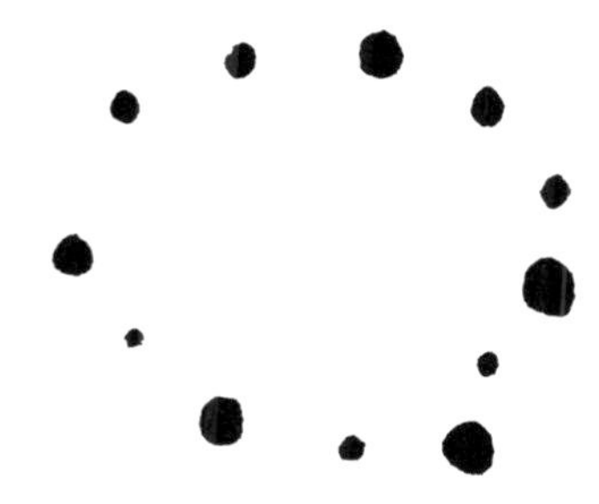

17 구상성단

내 오른쪽 팔뚝에는 점들이 동그랗게 모여 있는 자리가 있다. 사람들이 가끔 그게 뭐냐고 묻곤 한다. 그럴 때면 방황하던 시절에 뽕 맞은 자리라 말하기도 하고, 얼굴에 점이 너무 많아서 한 자리에 모은 거라고 말하기도 하는데, 사람들이 흔히 믿은 것은 후자보다는 전자였다. 내가 말하고 싶은 답은 별들이 뭉쳐서 이뤄진 구상성단球狀星團이란 것이다. 마지막 답변은 물론 나만 믿는다.

18 별자리

펜을 들어 당신에게서 돋아난 점들을 잇고 싶었지. 처녀자리의 당신은 내게서 달아나고, 물병자리의 당신은 내게 찬물을 끼얹었지. 물고기자리의 당신은 내게 저녁을 대접했을지도 몰라. 그다음 자리까지는 내가 말할 수 있는 게 아니네.

19 소름

화살촉을 살밑이라고 부릅니다. 화가 나거나 겁에 질릴 때마다 그토록 소름이 돋았던 데에도 다 까닭이 있었던 거죠.

20 착하게 살자

군데군데 불 켜든 아파트 단지를 보면 꼭 문신 같다. 하트나 화살표, 심지어 종주먹도 보인다. 저 불 끈 집 어디에 '차카게살자' 다섯 글자가 써 있을 것도 같다. 나는 착하게 살지 못했었나? 내게 허락되지 않은 저 불 켜진 입구들.

21 물집

쓰리고 덴 상처 다음엔 물의 집이 생기죠. 당신의 눈물을 동그랗게 모아둔 바로 그 집 말입니다.

22 세월의 물결

나무의 나이테는 안으로 나지만 사람의 나이테는 바깥으로 납니다. 제가 아는 한, 할머니는 점수를 가장 많이 품은 과녁이었습니다. 저는 그분이 안에다 품은 새살이었죠. 이젠 제가 그분을 품을 차례입니다.

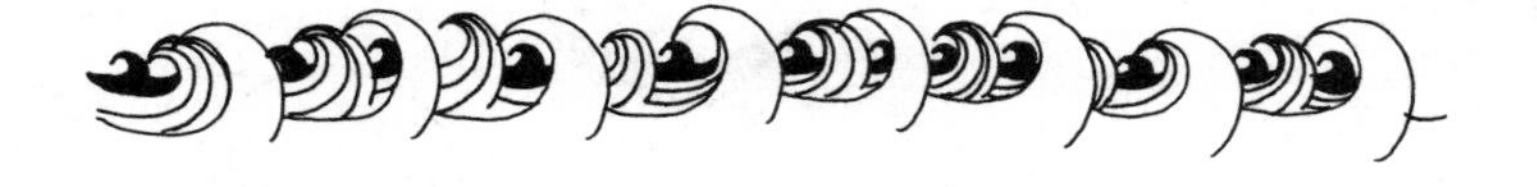

23 부러진 살

살도 부러집디다. 그이를 가려주고 싶은 내 마음이 부러진 우산대 같아서, 들이치는 비는 어쩔 수 없었습니다. 다 젖고 말았습니다.

24 인종주의로 선탠하는 일

멜라닌색소를 만드는 것은 겨우 0.1밀리미터에 불과한 표피층이다. 0.1밀리미터만 벗기면 황인도, 흑인도, 백인도 똑같은 것이다. 그러니까 편견이란 정말로 지척의 소관인 것. 거기까지는 바늘로 찔러도 피 한 방울 나지 않는다.

두근거리다

심장

: 순환계의 핵심 기관으로 혈관으로, 혈액을 흘려보내는 것을 가능하게 하는 근육으로 된 주머니. 남자는 280~340그램이고, 여성이 230~280그램 정도 나간다. 혈액에 압력과 유속流速을 부여하여 피를 돌게 한다. 주기적으로 수축과 이완을 되풀이하는 펌프로 심장이 수축하면 혈액이 동맥 속으로 밀려나가고, 확장되면 정맥에서 혈액이 밀려들어온다. 이때 심장판막이 여닫이문 구실을 하여 혈액의 역류를 막는다. 심장박동은 자율신경계의 영향을 받는다. 교감신경은 박동수를 증가시키고, 부교감신경은 박동수를 감소시킨다. 연수에 위치한 심장중추가 둘의 균형을 잡아준다. 박동수는 개인에 따라, 상태에 따라, 나이와 성에 따라 다르다. 심장은 두 개의 심방과 두 개의 심실로 이루어져 있다. 정맥과 이어진 부분이 심방心房이다. 심장은 관상구冠狀溝를 경계로 위아래로 나누어져 있는데, 위쪽이 심방이다. 심방중격心房中隔이 심방을 좌우로 나눈다. 동맥과 이어진 부분이 심실心室이다. 우심실은 우심방에서 정맥혈을 받아 폐동맥으로 보내고 좌심실은 좌심방에서 동맥혈을 받아 대동맥으로 보낸다. 심실벽은 심근조직이라는 특별한 근섬유로 구성되어 있다. 전하여, 심장을 사물의 중심부나 비위가 좋은 마음을 이르는 말로 쓰기도 하고, 마음의 구현물로 보기도 한다.

1 비극적 파토스에 대한 나의 견해

나는 그들 모두를 사랑했고 그들 모두에게서 버림받았다.

2 운명과 팔자의 차이

그이를 만난 게 당신의 운명이라면, 그이와 헤어진 건 당신의 팔자다.

3 매혹된다는 것

매혹魅惑이라는 말은 도깨비에게 홀린다는 말이다. 하긴 그렇다. 곰보라도와, 옘보싱이야, 들창코라도손가락을 넣고 싶어, 대머리라도당신은 너무 눈부셔 그 사람은 여전히 아름다울 것이다. 나는 매혹된다.

4 매혹의 뒤에 남는 것

당신이라는 말, "내가 아니라서 끝내 버릴 수 없는, 무를 수도 없는 참혹."(허수경)

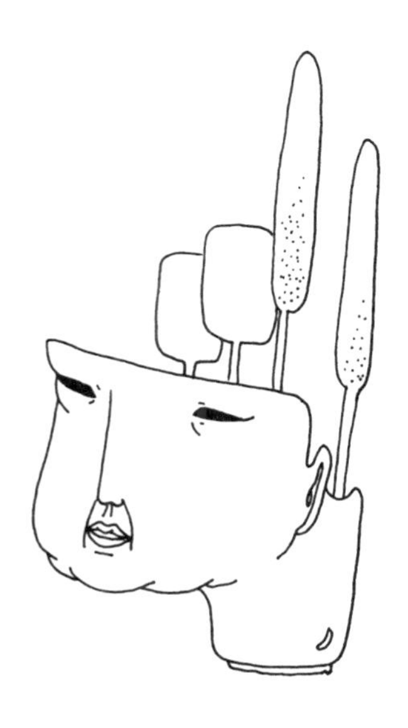

5 할증

그리움에도 할증이 붙는다. 밤이 깊을수록 더욱더 생각난다고.

6 종량제 봉투처럼……

그대를 담고 싶은 내 마음이 터진 봉지 같다.

7 널 사랑하니까……

사랑한다는 말은 논점에서 벗어난 오류와 같은 것이다. 가령, 이런 말. "사랑해, 재떨이 좀 가져와. 사랑해, 청소 좀 해. 사랑해, 돈 좀 줘."

8 "당신만을 사랑해"(혜은이)

사랑의 말은 사랑의 대상을 실어나르는 수단이 아니다. 사랑의 말이 지시하는 의미체가 따로 있는 것은 아니다. 차라리 사랑의 말 자체가 사랑이라고 해야 한다. 나는 한 벗이 슬픈 얼굴로 지나온 일을 추억하며, "나는 영원히 A, B, C만을 사랑할 거야"라고 말하는 것을 들었다. 이 역설에는 우스꽝스러운 슬픔이 있다. 나는 'A만을, B만을, C만을 사랑'한 것이 아니라, A와 B와 C'만을' 사랑한 것이다. 사랑의 대상을 제한하는 이 조사 바깥에 따로 사랑이 있었겠는가?

9 문밖에서

“체제가 의존할 수 있는 것은 사랑이라는 ‘비이성적인 감정’밖에 없다. 사랑이 사랑의 대상에 끌리는 것은 대상의 정해진 소질들 때문이 아니라 대상의 존재 자체 때문이다.”(지젝) 내 두근거림은 누군가 문밖에서 나를 두들기기 때문이다. 누구인가는 상관없다 이 말이다. 그냥, 누군가, 문밖에 서 있기만 하라는 말이다.

10 영원한 사랑 A

"당신만을 영원히 사랑할 거예요." 이 고백에서 '만'은 제한이나 한정의 뜻을 지닌 조사가 아니라, '바로 지금'을 의미하는 부사이다. 또 '영원히'는 시간을 의미하는 부사가 아니라, '매우, 몹시'를 의미하는 강조사다. 처음 말은 '나는 지금 당신을 매우 사랑합니다'로 번역해야 한다. 영원한 사랑? 그럴 수 있는 사람이 있다면, 내기를 걸고 말하건대, 그는 강박증 환자임에 틀림없다.

11 영원한 사랑 B

물론, 그 사람은 예외다.

12 기다림

기다리는 이에겐 기다림이 집이다. 아무도 오지 않으면 부재不在가 집이 된다.

13 계속 기다림

부기: 내 부재에는 아무도 가정방문 해주지 않았다.

14 여전히 기다림

당신이 연락하면 내게 열락이 있을 텐데.

15 은유와 그 너머

"은유란 무無의 반복이다."(크리스테바) 아무리 너를 다른 무엇에 빗댄다고 해도, 너는 그 무엇이 아니기 때문이다. 놀라운 것은, 그 무엇이 네가 아니기 때문에, 다른 모습으로 무한히 반복된다는 사실이다.

16 그리워하다

영어로 '그리워하다miss'는 '잃어버리다, 실수하다, 생략하다'와 같은 뜻이다. 그때 나는 어떤 방식으로 그리워하고 있었나? 그 사람을 잃었는가? 그에게 잘못했는가? 아니면 그를 못 알아보고 지나쳤는가?

17 이 모든 괴로움을 또다시

"새벽 세시. 요새는 늘 새벽에 잠이 깬다. 시간이 흘러가는 것을 느낀다. 아무 의욕도 안 느끼는 무기력의 극치 같은 나날을 보내고 있다. 알코올에의 욕망만이 강하게 치솟는다. 아무것에도 아무 곳에도 안주하지 못하는 내 마음이 개탄스럽다. 아무 직업에도 질긴 욕망을 못 느낀다." 전혜린 일기 가운데 한 구절이다. 일기란 것이 원래 제 안에 대고 하는 말이라, 제 마음을 공명통 삼아 자꾸 증폭되게 마련이지만, 이 예민한 사람은 같은 고통도 훨씬 더 심하게 느꼈던 모양이다. 나 같으면 "새벽에 자꾸 잠이 깬다. 너무 낮잠을 잤나보다. 술 먹고 싶다. 그 외에는 아무것도 하기 싫다."라고 썼을 것이다. 내 글이 경제적이긴 하지만, 전혜린에게서 아픔을 느낀 이들이 내 일기를 본다면, "그래, 술이나 먹어라" 그랬을 거다.

18 접시물의 깊이를 재기

"어느 날엔가 나는 마침내 이해하게 된다. 나는 사랑을 받지 못했기 때문에 괴로워한다고 믿고 있었는데, 실은 사랑을 받는다고 믿고 있었기 때문에 괴로워했던 것이다."(바르트) 사랑받고 싶을 때 그이가 나를 사랑하고 있다고 환각한다. 사랑에 빠진 이는 말 그대로 허우적거린다. 누군가 구조해주기를 바라겠지만, 그에게 바깥이란 없다. 접시물이 품은 수심을 잴 수가 없는 것이다. 사랑 바깥의 가능성이 있을 리 없다. 아니면 내가 어떻게 빠졌겠는가? 그이가 나를 사랑하지 않는다고? 그럴 리가. 내가 그이를 얼마나 사랑하는데!

19 절망과 타락은 어느 것이 먼저인가?

"절망한 나머지 타락한다는 말을 나는 믿지 않는다."(카뮈) 정말이다. 타락하는 사람은 타락하고 싶어서 절망한다.

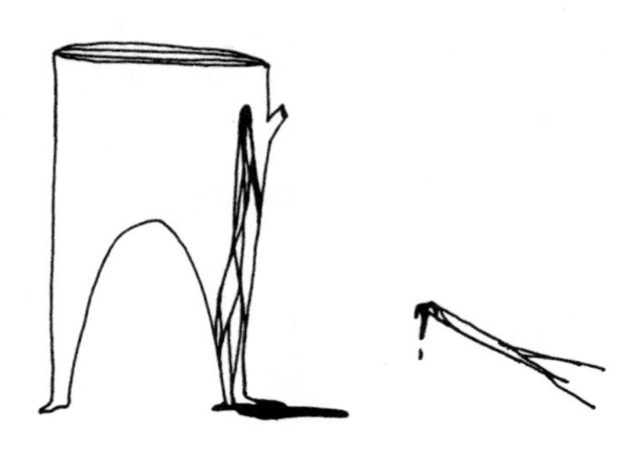

20 욕망에 관하여

내 안에서 죄, 죄, 죄 하는 것들을 이제는 방목하고 싶다.

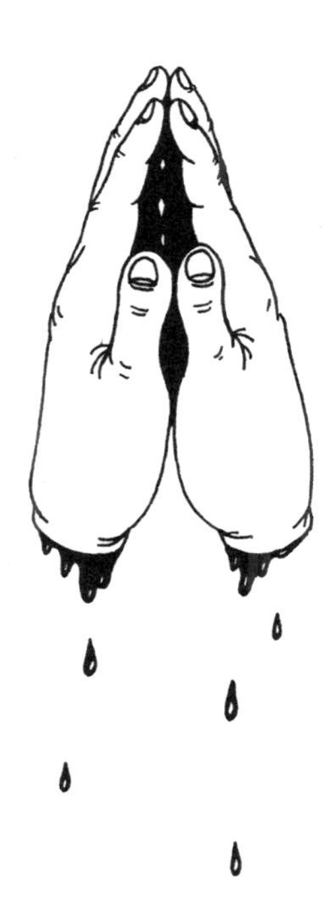

21 도를 좋아하세요?

"내가 싸우고 시비 붙기를 좋아한다고? 정말 그런 점이 있기는 하지만 내가 굳이 이기는 걸 좋아해서가 아니라, 내 도道가 이기는 걸 좋아해서다."(한유) 정리하자, 한유의 도道 = 한 번 붙으면 반드시 이겨야 한다는 믿음.

22 엎질러진다는 것

내 마음은 이런 것, 그 누군가 나를 건드린다면 언제라도 엎질러질 준비가 되어 있다는 것. 그이는 어디에 있는가. 엎질러지는 내 앞에? 아니다, 그이는 내 엎질러짐 속에 있다.

23 동거인

미토콘드리아는 원래 다른 생물이었다. 숙주에게 먹힌 후에 숙주의 몸안에 자리를 잡은 세균이다. 미토콘드리아가 없으면 생물은 에너지를 얻을 수가 없다. 미토콘드리아는 세포 안에 든 작은 발전소다. 당신 안에 누군가를 들인다는 것, 그로써만 당신이 살아갈 수 있다는 것, 숨쉬고 활동한다는 것—그가 떠나면 당신은 숨쉬기조차 어려워질 것이다. 활력을 잃고, 열정도 잃을 것이다. 이 유비가 의아스럽다면 한 가지 더 증거를 들겠다. 미토콘드리아는 모계母系로만 유전된다.

24 "구슬이 바위에 떨어진들"(정석가)

동창회에 나가보면, 꼭 졸부들과 보험 설계사들만 개근이다. 보험이 필요 없는 사람과 보험이 꼭 필요한 사람들만 북적이는 거다. 인연이란 그런 것이다. 끈 떨어진 구슬과 구슬 없는 끈의 만남 같은 것. 구슬이 바위에 떨어진들, 끈이야 필요하겠나?

25 안심

사랑하는 이들의 마음 안쪽에 있는 것, 그것이 안심安心이다.

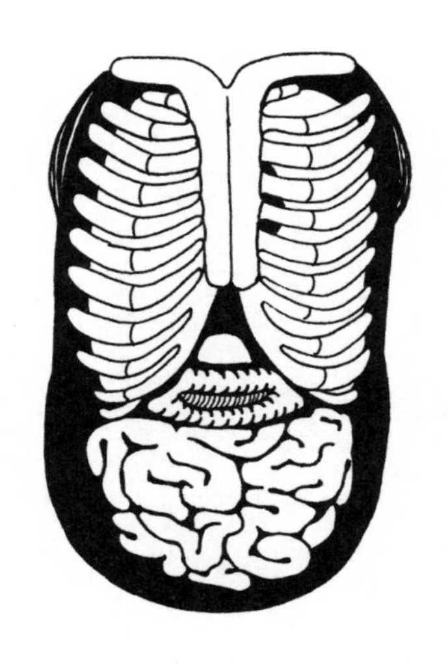

26 등심

사랑하는 이는 "그가 나와 닮았기 때문에" 동감하는 것이 아니라 그의 모습에서 나를 보기 때문에 동감하는 것이다. 네가 가장 아프다고? 그래 맞다. 내가 가장 아프다!

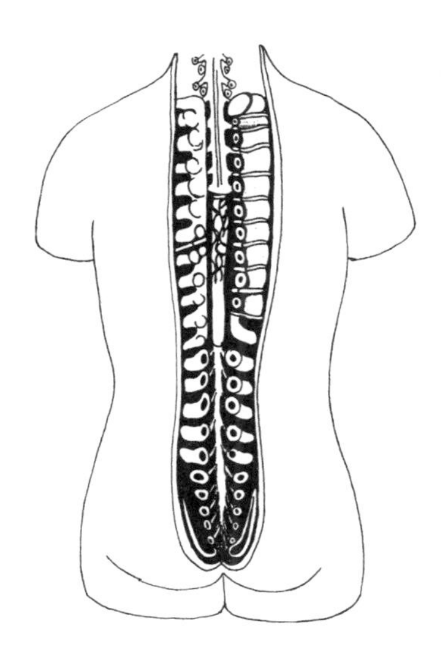

27 흑심

삼류 에로 비디오물 가운데 〈연필부인 흑심 품었네〉란 제목을 가진 비디오가 있다는 말을 듣고 한참을 웃었다. 하지만 연필부인은 그 마음으로 새로운 운명을 꿈꾸었을 것이다. 자기 "운명에 밑줄을 그어가며"(파스테르나크)살고 싶었을 것이다.